马蒂斯故事

〔英〕

A.S.拜厄特

著

吴洪

译

●

THE

MATISSE

STORIES

A.S.BYATT

A.S.拜厄特

献给彼得，

他教我用慢节奏观察事物。

以诚挚的爱

目录

美杜莎[1] 的脚踝

Medusa's Ankles

那天她走进吕西安发廊是因为她透过橱窗玻璃看见了那幅画，《粉红色裸体》。她觉得奇怪：本来在衣帽架上方看到的应该是女模特傲睨万物或是充满狂态的明眸，眼下却是一个夸张而晦色的女人体放浪地横陈着。如今的模特都是女孩而不会是女人。那个粉红色的裸体只是个平涂的单色块，但视觉效果却异常强烈。她有着硕大的臀部，一只高耸的膝盖慵懒地支起着。她的乳房浑圆，像两只圆形的凝视符号，思考着肉欲及其沉沦。

她谨慎小心地要求做一下吹剪。替她打理的是发屋的老板吕西安本人。他个子瘦长，动作轻曼，穿着宽松的白袖套和黑色紧身裤，倒有几分像芭蕾舞剧中的哈姆雷特。头几次光顾时印入她脑海的是他的裤子而不是他的脸；她只是在镜子里偶尔瞥见那张脸，她觉得人过中年后就懒得再去琢磨那样的脸了。女人和她的发型师的关系总有些说不清道不明。她的脸正好与他的腰齐高，他的胯部不时触及到她呼出的气息，而他的脸却离得很远，远在高高的后上方。他脸上有一种肃穆的、僧侣般的神情，她觉得在柔软黑色的直发的衬托下那张脸庞倒显得还算秀气：透着健康的色泽而没有一丝赘肉。至少看上去是如此。

"我喜欢你的马蒂斯。"第一次开口她这么说。

他显得很木然。

"那个粉红色裸体。我喜欢她。"

"哦，那个。我是在一家商店里看到的，我觉得它与我计划中的色调很相配。"

他们的目光在镜子里交会了。

"我觉得很棒。"他说，"那么恬静，那么自信，色彩又那么迷人，你说呢？我完全被她吸引住了。我是在查林十字街的一家店里看到的，回家就跟妻子商量，说我觉得适合挂放在发屋里，她似乎不以为然。但第二天我就去那里把它买下了。她为发廊增添了一些格调。我喜欢有格调的东西。"

那个时候，发廊都布置得像云上人家：千篇一律的粉红和奶油色，米黄的平纹细布窗帘和骨质的发刷、梳子随处可见；镜框和工具小推车是一种天蓝色，比较深，就像粉红色裸体靠卧的那张沙发或床的颜色。店堂里放着音乐——苏珊娜一向讨厌风管乐——但这首曲子清脆悦耳，舒缓有致，又有伊斯兰后宫乐曲的风韵，恰如一杯怡人的冰镇果露。他给她端上一杯粉红杯子盛的咖啡，还有放在茶托里的淡红色和白色的华夫饼干。他手势娴熟地把她一头中年头发梳理成蓬松自然的风飘式,还挑出几绺刘海柔化了她的前额和下巴。她还记得儿时战争年代的那家发廊:用木板隔成的一个个小间和阿玛蜜香波的广告,广告画上的女郎金发披肩,朱唇艳丽,与三十年代的樱桃小嘴比,流行于四十年代的弧形嘴要宽厚了许多。她那时一直觉得阿玛蜜与 Smarmy[1] 同音,应该和阿谀奉承、虚情假意有某种关联。后来她成了语言学家,知道了好几种语言里的"爱"的词尾变化,这才突然发现阿玛蜜一词原来是指某种色情的挑逗或命令。阿玛蜜,爱我,金发女郎用她一头完美无瑕的浓密鬈发呼唤着。当年她母亲被那些个快散架的球形烘发机牢牢地拽在椅子上,头上插满了金属卷筒、发夹和通条。出来时头上赫然耸现出一个个不自然的蓬起的卷,如同顶着一大堆蜡制的水果,使她显得既做作又难堪,那副白得不自然的假牙也更显得突兀了。

---

1 Smarmy 有"讨好,虚情假意"等意思。

紧箍的圆罩降落，吞噬，仿佛是某种电击仪式：将女孩变成女人。她还记得自己第一次"做"头发的经历：吹送出的热气，嗡嗡的声响，然后是头皮微微地绷紧和头发被烘焦的感觉。

　　六十年代和七十年代，她开始留一种自然的发式：笔直厚重的长发像一道闪亮的栗色幕帘垂在身后，自然她也无须再去那种地方了。就在那段时间里，木板隔的小间逐渐消失，取而代之的是敞开式的店堂，吹风机也取代了绝大部分的罩式烘发机，塑料梳子淘汰了鬃毛发刷。

　　她不得不重返发廊是因为她的头发有了岁月的痕迹：发梢开叉，弹性尽失，起毛的发质失去了原有的光泽。吕西安说，顺着不再笔直的线条吹波浪卷固然可以掩饰缺点，使发型变得自然，年轻；然而细胞的死亡才是真正的自然法则啊。最好还是做蓬松的短发，吕西安说，并用他娴熟的手技证实了这一点。他高高地站在她的身后，纤细的双手轻柔地捧托着新抛出的发式，犹如神父捧托着圣杯一样。她飞快地、短促地瞟了一眼：是比以前好得多。她谢了他，又赶紧把目光移开去。

她不再心存戒备，开始对他有了信任感。

他总是无法遵守预约的时间，无论是同她的还是同其他人的。发廊里挤满了不安分的年轻人，男男女女。他会停下来同他们交谈，同所有耐心坐等的顾客交谈，迎合他们被框在镜子里的探寻的目光。电话也老是响个不停。她坐在一张玫瑰色的海绵座垫上，读着时尚杂志《秀发》中一篇关于发型师已成为新一代灵魂治疗师的文章；文章的语气矜持得近乎自负，而且极尽讽嘲之能事（这样的语调是很常见的）。杂志还曾经提到，过去的理发师还是当地的外科大夫，兼管拔牙、接骨、处理妇科疾病等等。如今，在忙忙碌碌又缺乏沟通的现代生活里，发型师扮演了倾听者的重要角色。他会诱导出你心中的苦闷，然后抚慰你。

但吕西安不这样。他是完全反过来的。他让被他捕获的听众充当他自己的心理分析师和精神病医生。至少苏珊娜就成了他的目标。她之所以会被选中也许是由于她丰满的体态给人一种母亲般的信赖感；再者，按他的推断，作为一个大学教师，她应该是一名职业倾听者。总之他经常征求她的意见。

"我不想让自己在这个狭小的天地里再待上二十年。我要向生活索取更多的东西。生活应该有它的意义。我尝试过密教和默念术。你知道那种学说吗，所谓的精神生活？"

他的手指不停地在她头上拨弄，压出一绺头发修剪下去。

"不太懂。我是个不可知论者。"

"我想了解艺术。你懂艺术。你懂那幅粉红色裸体的画，嗯？我该怎么去学？"

她告诉他可以去看劳伦斯·高文[1]的东西。他

---

1 Lawrence Gowing，主编过《大英视觉艺术百科全书》。

赶紧用夹子固定住正在修剪的那绺头发，放下剪刀，把作家的名字记在了一本浅灰色的皮面本子上。她还告诉了他哪里有不错的校外讲座，谁是比较好的画廊讲师等等。

下一次她来的时候，他没有谈艺术，而是谈了考古。没有一点去过画廊或看了那些书的迹象。

"过去的历史很吸引你。"他说，"地底下的尸骨，宝窟里的金币，那些东西太有趣了。我去了伦敦，看他们挖掘密特拉神庙。那是一种宗教，到处印着牛血，深浅不一，真令人着迷。"

她希望他快点做完头发，别唠叨个没完。她能察觉到飞快掠过他头脑的那些念头，这使她感到害怕。她所知道、所关心、本来相互关联的东西，在掠过他的头脑时却变得支离破碎，不再有形。你著书立说，讲课授意，而这些都成了浮光掠影的碎片。

"我不想让自己一生中最宝贵的岁月就花在市郊家庭主妇们的头发上。"他说，"我的生活里还要别的。"

"要什么？"她问，她的眼睛对上了浮在她一团弄湿蓬乱的头发上方那对沉思的目光。他搓出一堆泡沫说："美，我要的是美。我必须拥有美。我想和美人儿乘着游艇去希腊诸岛游玩。"他望着她的眼睛。"看看那些神殿和雕塑。"他身子压上前，按摩着她的后颈，她的鼻尖距离他的裤子拉链仅毫厘之间。

"看得出来，你从来不用护发素。"他说，"你不太珍惜自己。"

她顺着他的手劲低下头，让他抓挠后脑的头皮。

"你可以做一点挑染，"他以一种不加怂恿的语调说，"铜棕色或枫红色。"

"不，谢谢。我还是喜欢自然点。"

他叹了口气。

他开始跟她谈自己的感情生活。照表面的情形判断，她一开始怀疑他是个同性恋。发廊里有许多俊美的年轻男人，他们进来操弄一会儿剪刀，挤在角落里嘻笑一阵，然后离去。有中国人、印度尼西亚人、格拉斯哥人、南非人。他冲着他们叫嚷，也同他们一起嘻笑。他们会交换一些小礼物，偿还一些不清不楚的债务。有一次她来得晚了些，发现他们围坐成一圈正在玩扑克。女孩子们在这里显得无足轻重，长得再伶俐也白搭。她们在发廊都待不长。那时候她们穿的都是粉红色的工作服，带有奶油色的丝质滚边。她看得出来他在谈恋爱，因为他老是泡在电话上：一会儿和颜悦色地讨欢心，一会儿又是声嘶力竭地嚷嚷。他的声音就像吸墨纸发出的嘶嘶声，听不清说些什么。她倒是听见从话筒另一头传来的尖厉的叫声，是不同女人的声音。做头发的时间被拖长了：又有电话要接；回来后还要作一大通解释，手舞足蹈的，引得她只好去注视镜子里那兴奋莫名的举止，活像一个脱手骑自行车的小男孩似的。

“原谅我有点分心。”他说，“我的生活正处于危机中。我一直不相信会发生的事真的发生了。我一生都在寻找某样东西，如今我终于找到了。”

他不经意地抹去一片落在她湿漉漉的前额上的肥皂泡沫，手指碰触到她的眼眶。她眨了眨眼睛。

“是爱情。”他说，“般配得如同天和之作。真是奇迹。她是我的另一半，一个完美无瑕的美丽女孩。”

她想不出该如何得体地作答。她用极其端庄的语气说——还能用什么别的语气呢？——“这就是危机的来源？”

“她爱我，我简直无法相信，可这是真的。她非常爱我。她要我和她一起住。”

“那你的妻子？”

他提到过妻子，就是对他买《粉红色裸体》不以为然的那个。

“她让我滚出去。于是我就离开了。我去了她的公寓——我女朋友的。她又过来把我拽了回去——我妻子。她说我必须作出选择；她以为我会选择她。我说眼下最好还是走着瞧。我对她说，在这种狂热状态下我怎么知道自己到底想要什么，我怎么知道这事能持续多久，我怎么知道她会不会一直这样爱我下去？"

他烦躁地皱起眉头，剪刀在她太阳穴附近悬乎地摆动着。

"她在乎的是面子。她说她爱我，可实际上她是在乎周围的邻居会怎么说。我也很喜欢我的房子。我得承认她把家倒是收拾得井井有条的。虽然谈不上什么格调，但还有些品位。"

在接下来的好几个月里，也许有近一年吧，故事在曲直和冲突中继续着，但始终没有一个令人满意地展开。苏珊娜渐渐意识到他实在没有讲故事的天分。故事中没有一个人物是完整有形的。那个女朋友的美丽并没有在苏珊娜的脑海里形成任何具体的概念，她做的唯一一件事好像就是信誓旦旦地表白和吕西安是如何的情投意合。苏珊娜也搞不清楚他的妻子到底是个泼妇还是受害者，是十分忐忑还是很有耐心，或干脆对此事不屑一顾？所有这些影子般的人物都出之苏珊娜的臆想。大约过了六个月，吕西安在叙述中讲到了他女儿对这事很苦恼，他不得不两头奔波，一会儿住在家里，一会儿又被赶出家门。

"你有个女儿？"

"十五岁，哦不，十七了，我总是搞错年龄。"

她在镜子里看见吕西安摸了摸他自己乌亮的头发，不无忐忑地顾自笑笑。

"我们结婚得很早。"他说，"太早了，还不懂是怎么回事。"

"父母不和小女孩会很不好受。"

"是啊。谁都不好受。她说要是我卖掉房子，她考试的时候就没地方住了。可如果要我分担女朋友公寓一半贷款的话，我就不得不卖掉房子。我没法负担起两边的贷款。我妻子不想搬走，这是可以理解的。可我想她应该面对现实。我现在是里外不是人，我得作出决定了。"

"你的决定好像是选择女朋友。"

他作了一个深呼吸，然后放下了手里的一切：梳子、剪刀和电吹风。

"是啊，可我很害怕。我怕贸然走出这一步，弄不好会一场空。如果她得到了我，我是说我女朋友，也许她就不会再像现在这样爱我了。再说我很喜欢我的房子，这你知道，它给我一种舒适惬意的感觉，我已经习惯了，习惯了所有那些旧椅子。我不愿想到它们被卖掉，全都离我而去。"

"爱情不是一件容易的事。"

"我完全同意。"

"你是否觉得我的头发越来越少了？"

"什么？哦不，还可以。不用担心。只要把这儿的头发匀一点过去就行了。你认为她对房子拥有一半以上的产权吗？"

"我不是律师，我是搞古典语言的。"

"我们正准备去希腊度假。我和我女朋友。坐游艇去玩那些岛屿，潜水镜都买好了。发廊要关门一个月。"

"幸亏你告诉我。"

他去度假的时候发廊又重新做了装修。他没有告诉她这件事，但也没有非得告诉她的理由啊。这次用了最流行的色调：战舰灰和褐紫红。但苏珊娜觉得那颜色简直像干枯的血迹和屠具；她特别不喜欢这种色调。店里的一切都变了。深蓝色的推车换成了高科技金属材料产品，天花板放低了，略有些透明水彩效果的橱窗玻璃改用了暗灰色的单向镜，使外面的明媚世界看上去也是灰蒙蒙的。店堂里现在播放的是沉闷的重金属音乐。青年男女一律穿着深灰色和服式的工作衣，在苏珊娜的眼里，这些人连同穿暗红色罩袍的她本人都像是病人。她在镜子里映出来的脸灰灰的，失去了原先由灯光映照出的不那么真实的粉红色泽。

那幅《粉红色裸女》被取下了。替代它的是一些女孩的照片，她们的脸也是灰色的，眼睛黑得像煤炭，睫毛尖翘，像篝火一样蓬起的褐紫色亮发与有着同样色泽的嘴唇相映成趣，嘟得圆圆的嘴巴像是在吮吸什么，也许是麦克风，或是别的玩意。新的茶杯是黑色的，呈六边形。淡红色饰有花纹的饼干被裹着糖霜的椭圆形薄荷糖替代了，黑的白的犹如一颗颗围棋子。在最初的惊愕中苏珊娜曾想过换一家发廊。但她又担心弄不好会被其他的发型师当成傻子。吕西安了解她的头发，她对自己说，她的头发已大不如从前了，正越来越没有生命力，需要了解它的人来打理。

"假期过得愉快吗？"

"哦，美极了。啊是的，像一场梦。真想这会儿还在那里度假呢。她去找过律师了，以她的付出和女儿为理由要求获得房子的所有权。我说女儿会长大的，会有工作的，不是吗？不要想当然地认为她会一辈子留在妈妈身边，她们才不会呢。"

"这次我需要把头发做得特别漂亮些。我得了一个奖，一个翻译奖。我得致辞。在电视上。"

"那我们一定要让你光彩照人，嗯？也是为了发廊的声誉嘛。你觉得新的装潢怎么样？"

"挺时髦的。"

"是的，是的。只是我不太满意新的照片。我觉得应该挂些更有新意的东西，要跟灰色调更协调些。"

他在她头上摆弄起来。他用手指挑起湿漉漉的头发，吹松，似乎整理出有两倍的发量。他把这束头发盘一下，用发夹固定，然后又卷起另一束。他的头不停地左右晃动，打量着她缺乏魅力的胸部。当她的头也不由自主地随着他移动时，他恶狠狠地叫道："你能不能别动啊，脖子像天鹅一样老是扭个不停，叫我怎么做？"

"对不起。"

"没什么，别动就行。"

她扳直身子，一动不动，头听凭他手掌的压力向下弯倒。她抬起眼睛，看见他正在看表。这时，随着手腕一个芭蕾似的舞动，剪刀和他的手指交会在她额头的上方，尖利的刀锋戳入了大拇指，血立刻涌了出来，有的甚至还滴落在她的头皮上。

"哦，天哪，真对不起。我的手割破了。瞧！"

他把流血的手指在她的鼻子跟前挥动着。

"我看见了，"她说，"我看见你割破了手指。"

他对着镜子里的她笑了笑，一个很璀璨的笑，但目光是躲闪的。

"这是我们这号人惯用的小伎俩。每当我们忙得不可开交、连喝口水喘口气的时间都没有时，就会弄破手，然后就可借此离开，去趟厕所或咬一口巧克力、芝士卷什么的——当然要看服务台的小姐是不是为我们长了个心眼。允许我离开一下吗？我快饿晕了。"

"没关系。"她说。

他又对着镜子里的她闪过一个微笑，便匆匆地溜走了。

她等着。一滴水掉落到她的领子上。又是一滴滚落到她的眉间。她望着自己那张可怜的脸：上面是一堆湿冷的乱发和两束随意拧绞在一起被铝夹固定住的发辫。她对这张乏味的脸产生了一丝淡淡的抗拒感和愤怒感。她还记得，当年有着一头栗色长发的年轻女子的她也曾审视过自己脸上的肌肤，怎么也想象不出它皱纹涟涟、松垂下陷的情形。她的脸应该是如此光亮的，她那时候想。即使是现在，她也想重新给这张脸定位，接受这张脸，可是她做不到。带来这渐渐老化的肌肤，这缺乏弹性的松垂的脸皮的，恰恰是她，是她的生活，是她自己。她从来就不是一个漂亮的女人，但她曾经是迷人的，她拥有蓬勃的生机和旺盛的精力，拥有机敏的率性和明媚的双眸。不是那种也许能经受住岁月考验的典雅的身材，也不是能绵绵长驻的那份婉约的风情，而只是鲜活的肌肤。然而它也开始衰败了。

她突然对上电视产生了恐惧。它来得太迟了；她早已失去了被人看、被人注意的欲望。摄像机会扫到她的双下巴和眼袋，会由于灯光的亮或暗暴露出化妆的痕迹和瑕疵。一个将被证实的有趣的事实是，她的片言只语也好，长篇宏论也罢，都会毫无印迹地转瞬即逝；而她残缺的牙齿，散布的斑痕以及不合时宜的发型会久久地留存在人们的记忆中。

如果没有让她一个人久等在那里审视自己那张湿漉漉的脸，那么一切就不会发生了。

她的两侧正在进行一个个奇幻表演。左边，一个脑袋套在一个粉红的尼龙袋里，那玩意既像银行抢劫犯的头罩，又像一只巨大的子宫帽。一个年轻的中国发型师正慢条斯理地梳理着露出网孔的头发，一拉一弹，一拉一弹，最终梳理出一个丑陋得让人惊跳的粉红色秃脑瓜，上面散缀着一束束发辫。在她的右边，一个心神不定的胖女孩揪起另一个女孩头上的大把粗发，用锡箔纸包卷出一根根歪歪扭扭的香肠。扩音器里传出阵阵遥远

　　马蒂斯故事

的鼓声，哐啷哐啷犹如铁链的抖动。全是乱七八糟的玩意，她想，我应该回家去；可我怎么回啊，头上还是湿的。人们木呆地望着各自的丑陋。

他终于回来了，拿起了剪刀，一副无精打采的样子。

"你想剪掉多少?"他心不在焉地问。"许多发梢都开叉了。你的发质越来越差，我出门的那段时间你没有好好保养。"

"别剪得太多，让它显得自然些。我想……"

"我在跟女朋友谈这个问题。我已经拿定了主意，不想回妻子那里了。我实在无法忍受。"

"她发火了?"

"她过于任性。全是她自己造成的。她毫不在乎自己的外表，脚踝越来越胖，肉都鼓出鞋帮了，真让人恶心，我实在忍受不下去。"

"人都会这样的嘛。水肿……"

她没有低头去看自己的脚踝。他正在修剪她后颈处的短发。

"吕西安，"那个胖女孩哀求道，"你能不能过来看一下这个发型，我好像怎么也弄不平。"

"你应该细心点，"吕西安说，"不然这位夫人一抱怨，你麻烦就大了。这样吧，你过来替这位夫人做完——你不介意吧，亲爱的？黛特很擅长你这种发型，她手脚快，我带出来的。我得去看一下那个头发。那是一种新的烫法，出过一些小麻烦，你知道的……"

黛特是麻烦的罪魁祸首，但苏珊娜没说出口。远处，一个忐忑的声音隐隐约约地传进她的耳朵："你有孩子吗，亲爱的？家住得远吗？想弄得传统点？要不要做反梳，让头发蓬松些？……"苏珊娜呆呆地望着前面，心里在想吕西安妻子的脚踝。由于她自己的脚踝也鼓出了鞋帮，她自然同情起这个素不相识、被吕西安说得一无是处的女人来。她突然清晰地记起了在佩鲁贾[1]的那一天，苏

---

1 意大利中部城市。

茜——她那时还不叫苏珊娜——和一个意大利学生整整做了一天的爱。她记起了自己小巧浑圆、呈淡红色的乳房，两条直挺挺悬荡在单人床边的修长的腿，燥热的空气，湿漉漉的身体，他的肩膀，两具躯体试图更紧密交合时的激烈碰撞。他们一直缠绵到无法动弹为止，彼此是那么的恩爱。两人大汗淋漓，口干舌燥，简直快渴死了，可谁也无法起身去取水，刚支起的身躯马上又瘫倒在床上。赤裸的肌体就这么纠缠着，横卧着。可如今这一切又有什么意义呢？她顿时觉得愤懑，脚踝肥胖的女人犹如一股红潮从她的大腿涌向前胸，涌向颈脖，也一定燃旺了她的脸颊，可偏偏这愚蠢冷酷的灰色灯光是显示不出的。黛德在为她卷发，层层叠叠地往上堆：香肠，蜗牛壳，葡萄串，双股线圈，形形色色的一大堆；谁会想到这个老女人竟还有一头的浓密乌发？她看得很模糊，因为那股红潮在她眼底形成了一道屏障；但她知道自己看见了什么。日本人说另一个世界的魔鬼会穿过镜子靠近我们，就像鱼儿跃出水面一般。现在，这个鼓出眼珠、披满鱼鳍的肥胖恶魔正在向她游来，顶着塔楼和小蛇；那不就是刚从烫发机的圆罩里出笼，显得既局促又虚假的母亲的样子吗？

"好了。"黛特说，"挺好看的。我拿一面镜子来。"

"不好看，"苏珊娜说，"丑陋极了。"

发廊顿时一片寂静。黛特惊恐地转向吕西安。

"她做得比我好，亲爱的。"他说，"她做得稍有些高挑，现在顾客都喜欢这样。我觉得你看上去真不错。"

"难看死了，"苏珊娜说，"**我看上去就像一个做了头发的中年妇女。**"

她发现所有的人都面面相觑，似乎都在说：她就是中年妇女啊。

"不自然。"她说。

"我让黛特把头发压低一些。"吕西安说。

苏珊娜拿起一只装满了发胶的瓶子，重重地掷放在灰白色的玻璃架上。玻璃开裂了。

"我不要什么压压低，我——"她开口道，眼神恍惚地盯视着粘满了发胶的玻璃裂痕。

"我要我原来的发型。"苏珊娜哭喊道，握拿瓶子的手敲击得更重，把玻璃架和瓶子一起震碎了。

"好了，亲爱的，我很抱歉。"吕西安好声好气地劝慰着。她看见许多个吕西安向她围拢过来：他站在一个角落里，正好被墙面上的破碎镜子折射到，仿佛有一队个子瘦长穿着长裤的剑客舞动着明晃晃的剪刀。

"别过来。"她叫道，"走开。退后。"

"冷静点。"吕西安说。

苏珊娜抓起一个圆筒状的小罐朝其中的一个映像掷去。随着一声清脆的爆裂，一整面镜子顿时布满了蜘蛛网似的裂痕，碎玻璃随即纷纷落下，叮叮当当地堆积起了一小堆水晶碎片。苏珊娜的面前摆放着一排这样的炸弹或手雷，她一个个抓起来向四周一阵猛掷。镜子的碎裂有的像拔尖嗓门的歌声，有的则发出轰然巨响。她把一个发夹盒举在头顶挥舞着，发夹像一颗颗钉子炸弹向四处飞去。她把吹风机扯离了插座，用发胶泡沫喷洒到印有紫褐色朋克女郎的海报上。她用毛刷敲碎了洗脸槽，又推着吱吱尖叫的小推车绊倒了那个年轻的中国人，他是现场唯一还没有吓呆的人；摇摇欲坠的手推车里散落出一地的脱脂棉、发夹和毛发。一罐仿雪花石膏瓶装的青春霜准确地投中音响，一下子扑灭了嘈杂的音乐声；红色的霜液滴入卡带，使它在稠厚的黏物里越转越慢，越转越慢。

她终于发泄完了，可她并没有住手，还在继续折腾，直到再也找不到一样东西可以抛掷为止：因为她已经开始害怕接下来会出现的情形——发廊里一片死寂。只有一些怪异、刺耳的"乐声"还在传来：一只侧翻的陶钵在玻璃架上来回滚动；一把剪刀还在吊钩上晃动，但晃动的幅度已趋于平缓；碎玻璃仍在阵发性地往下掉，犹如奏响乐章

马蒂斯故事

的冰雹落在架子和地板上；落在纸上的夹子发出沙沙的低语声；受损的镶板拖着长音在呻吟。她的双手都在流血。吕西安嘎吱嘎吱踩着亮晃晃的粉沙走上前，用毛巾轻轻搽拭她的伤口。他身上也有血——衬衣上有几处血迹，额头上有一道细细的划痕，只是都不太明显。这是一个奇特、寂寥的战场，充斥着闪亮的碎片，芬芳的涓流，由静脉蓝和海棠红软膏形成的水洼，一块块深红条状的泡沫发胶以及色彩艳丽的染发剂溢出物；橙黄的，钴蓝的，还有铜棕的。

"我得走了。"她说着没有方向地转了个身；她的手还在流血，身上仍穿着那件笨拙的褐红色罩袍。

"黛德会给你拿杯咖啡来的。"吕西安说，"你还是先坐下歇口气。"

他用一把化妆刷替她掸扫了一把椅子。她迟疑不决地张望着。

"没什么，我们都有情绪激动的时候，只是大多数人不敢发作罢了。坐吧。"

人们都围拢过来，年轻人喏喏嚅嚅地安慰着，做出一些含含糊糊的又像是抚慰又像是平息怒气的手势。

"我会把支票寄给你。"

"保险公司会赔付的，别担心。发廊保过险了。从某种角度讲，你还帮了我一个大忙呢。它本来就不对劲，我是说颜色。我也许会作些不同的尝试，或干脆拿了赔偿金后就关门大吉。我和我女朋友考虑在古董市场租一个摊位，卖人造珠宝饰品，那种流行于三四十年代的假货。她有货源。我可以领了保险金后就一走了之。我都干腻了。不瞒你说，我自己也常常想把它砸了，彻底摆脱它——这个该死的玻璃笼子，走到真实的世界里去。所以说，你大可不必担心。"

她坐在家里，身子仍在颤抖，双颊绯红，盈满泪水的眼睛显得大而明亮。等心绪稍稍稳定后，她打算去冲个淋，洗掉头上那些个晦气的发卷，让它们像老鼠尾巴一样湿淋淋地垂挂着。这时，她丈夫走进了家门，毫无预兆地——她对他的回家早已不再期待或不想期待；他的行踪总是捉摸不定的，也从不解释。他忐忑地走了进来：一个高大、警觉、过分显示出不堪重负的男人。她无言地抬头望着他。他看见了她。（通常他是看不见她的。）

"你变样了。头发去做过了？我很喜欢。你显得很可爱，这发型至少让你年轻了二十岁。你应该经常去做做头发。"

他走上前去吻她刚修剪过的颈背处，就像以前常做的那样。

艺术作品

Art Work

马蒂斯于 1947 年创作了《宁静的居所》。这幅
画后来印制在劳伦斯·高文爵士的《马蒂斯》一
书中，但只是一幅很小的黑白画。两个人坐在桌
子的一角。那个或许是母亲的人用那只支撑在桌
子上的手托着沉思的下巴；或许是孩子的人则在
翻动一本厚厚的白纸书，拱起的书页和他或她的
下半段手臂形成了一条积分曲线。前面是一个花
瓶。后面是六个硕大的窗框。人物的身后是大片

的树木和类似阳光的色彩。人脸是两个完全空洞的椭圆，没有特性。人的上方，在画布的左上角，与窗户顶端齐高的地方，有一个粉笔画的图形，像是出之孩子的手：长杆上面一个圆圈，底下是砖块。遗憾的是这幅画没有色彩，但它反而可以诱人去想象，想象它的奢华，想象高文所说的那种"只有垂暮的伟大画家才能企及的和谐之美"。"画作具有不同寻常的阳刚之气。"高文如是说，"马蒂斯终于能平和地驾驭强烈的冲动了。"这是一幅印在书页上的深暗的小画，木炭灰，板岩灰，柔淡苍白的铅笔灰，压抑，肃穆。但我们可以想象它是奔放热烈的，着色于胭脂红或朱砂红；或偏重于靛蓝的深色或户外的橙绿色。我们可以恣意地去想象。那块孩子的暗影也许是黑底衬的黑色，也许是蓝底衬的黑色，也许是某种红底衬的蓝色。书是白色的。天花板下那个俯视的图腾又是谁呢？

艾尔玛街49号透出一种有人居住的静谧：没有人声，但有其他的声响，有的甚至很刺耳，很喧闹，不经意的耳朵会把它当作是衬托某种静谧的背景式的嘈杂。洗衣机发出嗡嗡的滚动声，伴随着水流溅泼的机械的咯咯笑声，不时还穿插进吱吱嘎嘎的音符：揪成团的湿物被抛过来，停歇，酝酿片刻后又被甩过去。习惯了这种噪音的耳朵会被接下来脱水旋转时女妖般的尖叫和洗衣机底座摩擦瓷砖地面而产生的隆隆声敲击搅得心神不宁。

烘干机也在呻吟。机器旧了，它的电刷已经磨损，即使是缓慢的转动也会产生吱吱嘎嘎的尖厉啸鸣。机器内大团的衣服哗的一下被翻动甩下，搅起后再哗的一下被翻动甩下。敏感的耳朵可以听出不同质地的衣物在甩动时所发出的细微差别：衬裙和胸罩的系带将衣袖和长袜缠成了条状的和块状的。

前厅里的电视机自顾自地响着，没人在看；它从上午起就一直开着。音量不太大，对噪音是有规定的。这噪音来自儿童节目女主持人用刻意上扬的声调发出的喋喋不休和循环往复的惊呼怪叫；

其中还穿插进一群毛茸木偶的嘟嘟囔囔、叽叽呱呱和嘶声尖叫：一个长着大鼻子和斗鸡眼的洋红色稻草人，一只尾巴不停打转的翠绿色沙鼠，一条吐着鲜红的舌信吊着毛茸茸眼皮的盘绕的宝绿蓝大蟒。在女支持的喋喋不休和众木偶的喧哗声中，还时常夹杂进突暴的音乐声，就像突如其来的一阵脱水旋转：鼓声隆隆，木管乐的啸鸣，打击乐的连续敲打，嗒嗒嗒嗒……节目被分成了段落，同时在整个玫瑰色的画面上推出了灰白字体的电视台标志 T-NE-TV。

二楼一扇关着的门后面传来杰米的电动火车的滚动声。听不见娜塔莎耳机里的音乐，娜塔莎也听不见外面的世界；她的整个脑袋塞满了节拍的振动和暴响的呼嚎。她躺在自己的床上，随着节奏在扭动。任何人走进大门都能清楚地听见从走廊另一端传来的微小颤动，那是由受阻的声音竭力想冲破拳击手套似的耳机而产生的。娜塔莎的脸具有一种空洞而祥和的聪慧，那是马蒂斯笔下那些慵懒的女人所特有的。她的脸庞白净圆润，散发着青春的光泽。她的头发蓝里透黑，呈扇形披散在不太干净的枕头上。她的床单是猩红的底色，上面画有黑色的羊齿植物或海草，一种离开了马蒂斯便怎么也想象不到的图案。她的臂和腿悬摆在起皱的床单外面，虽没有苏丹宫女的那般纤细，但也有着同样的曲线美：白洁，柔软，慵懒，还在抖动。抖动是没法画的。

从黛比的屋子里传出打字机的声音。这是一台旧的机械打字机，声音里充满了金属味。咔咔嗒嗒打完一行后，便是咣当一声回撤，紧随着是悦耳的小铃声。咔嗒咔嗒咔嗒咣当叮咔嗒咔嗒咔嗒。然后是寂静。黛比坐在她的打字机前，修长的手托着圆润的下巴，一头黑发优雅地盘卷在颈后。不难看出娜塔莎那份墨黑和乳白相衬的美色是来自谁的遗传。黛比紧皱眉头。她用涂着茜素玫瑰红的椭圆形指甲轻叩着牙齿（一种抛光的乳白色，比肤色稍暗一些）。黛比的办公室，或者说书房，显得很局促。房间里有一个制图架，不用的时候它被支起竖放在窗前，遮挡了大部分的日光，也挡住了通往窗台上那几盆邮筒红天竺葵和宝蓝色山桔梗的视线。黛比可以在书桌上工作，也可以在制图架前工作，但不能同时使用两个，虽然她希望能这么做。她是《女性场所》的美术编辑。这本杂志的主要观点——也许表达得比较含糊——是说家庭并不是女人唯一的场所，甚至不是主要的场所。黛比这会儿就在家里工作，因为杰米正在出水痘，他们约了大夫。但大夫无法说定何时到，也说不准到底来不来，压力一大堆。杰米有着和母亲、姐姐一样黑的头发，一双乌黑的眼睛上面长着更长更黑的睫毛。他的肤色也和她们的一样，可眼下却疙疙瘩瘩的，布满了玫瑰色的山峰和圆丘，大部分呈宽叶秋海棠那种乏味的淡红色，也有一些已经发展成类似鲑鱼的深红色，有的则成了覆盖着棕红和赫黄的痂皮的死火山。看电视的是杰米，可他根本没法专心。他浑身痒得厉害，不停地用咬短的指甲在皮肤上猛抓，还贴着椅子一个劲地蹭。黛比让他站到茶几上，给他涂抹炉甘石药膏，活脱脱抹出了一个满是条状石膏粉和糖霜的人体模型：粉红刺刺、米红色的粗糙的表面，简陋的化妆，失败的着色，在乏味暗淡的色彩下面那一颗颗突起的疹子急吼吼想重新冒出来。"真像印第安人的彩妆。"黛比对儿子说，一边挤出软膏涂在他两条可怜的发烫大腿之间的小肚子上，"你可以再涂上几条可可粉，"杰米说，"还有糖霜。这样就有三种颜色的条纹了。"黛比也愿意帮他涂满全身，用羊齿绿的蛋糕色素或胭脂红染剂什么的；只要能分散他的注意力或安抚他的情绪就行。可她还有一篇文章要完成，是关于厨房设计新趋势的：古怪的颜色，惊人的新流线型设计。

黛比书房的柠檬色墙上挂着娜塔莎和杰米的照片：有光身子的宝宝照，有咧着缺牙的嘴巴的半身学童照；还有一组童话小版画：一条美人鱼，手拿纺锤的老巫婆，小熊和玫瑰；一幅风格迥异的

艺术作品

小画上画着一张超现实的木桌，桌上是一只蓝色的花瓶和一只魔方。此外还有两幅娜塔莎小时候的涂鸦作品，用白色镜框裱着：一瓶泛着水汪汪的绯红和紫色的银莲花；一件随意挂在一张椅子上的连衣裙，蓝的衣服，灰的椅子，无意的留白处也许有着隐约的褶痕。

黛比一边打着字，一边竖起耳朵留意着门铃声。她写道："有一种特别肉感的全新紫色，宛如调和进少许奶油的越橘果汁。"让她一跃而起的倒不是门铃声，而是电话铃声，一种新式的连续颤音，尖声得让人不知所措。是她的文字编辑打来的，问她什么时候讨论版面的设计。她作答，安抚，解释，试着得到一点同情。《女性场所》的责编是个男人，他对期刊定期刊出的关于职业母亲的负疚感的文章很不以为然。黛比改变了策略，她细述了可怜的杰米窜出水痘的特别部位，终于博得了他的大笑。"可怜的小家伙。"编辑的嘎嘎笑声钻进了黛比的耳朵，但屋子其他的地方是听不见的。

楼上楼下，整个三层骤然声音大作，一种有节奏的、混杂的和膨胀开的噪音：喷出，吸入，还伴随着尖厉的轰鸣和碾磨声；不时会有一阵猛烈的噼噼啪啪和随之而来的新的更骇人的嘶鸣夹杂进来。操作这台"胡佛"牌吸尘器正上下忙碌的是布朗太太；有一点需要在此点明：没有她的话黛比的世界就会顷刻瓦解。

布朗太太是十年前应征当地的一则广告来当家佣的。娜塔莎那年四岁，杰米还在妈妈的肚子里。黛比当时身体很差，简直没法应付家里的一切，还得担心失去工作。她在聘人广告上注明是"艺术家庭"，希望来人对家中破残的墙纸和日以加剧的零乱不堪有一份谅解和容忍，即使无法博得完全的认同。回应的人并不太多，有几个艺术系的学生；一个要求分担照看孩子、作画时间和其他家庭杂事的单身母亲；一个年岁已高、近乎半盲、行动又不利索的退休女侍；再就是布朗太太。布朗太太的肤色既不是黑也不是棕，而是某种琥珀色的黄，类似那种淤青在完全消退前弥散开来的黄。她有着浓密、硬直的煤烟色头发，像扑克牌里国王的帽冠般竖立着，用一根花里胡哨的束发带紧紧地扎在额头处，既像网球明星的吸汗头带，又像老式女佣的花边小帽。布朗太太的衣服从过去到现在一直花花绿绿得惊人：都是大拍卖的剩余货、等外品、断码品，还有用别人织剩下的如乒乓球大小的边角料织成的七彩毛衣。来应聘的那天，她穿着一件不太干净（也不算太脏）的颇有电影明星派头的风衣，而且迟迟没有脱下，直到因焦虑而口干舌燥的黛比说道："我想我们也许可以试试，你说呢？"布朗太太这才坚定地点点头，接过一杯咖啡，脱下了风衣，露出一条用深米黄沙发布做的灯笼裤和一件品蓝的毛衣。裤子上艳丽地纵横交错着深红色的莲花、天堂鸟，以及奇异的藤蔓植物；毛衣上则绣满了白色雏菊和橙色黑心金光菊。

布朗太太不大笑。她的脸和某种原始的面具有着相似的地方：颧骨呈三角形，鼻子长而挺拔，嘴巴通常是紧抿着。她的表情可以解读成端庄，或者严肃，或者警觉，或者——虽然这不是给人的第一个印象——顺从。她喜欢赤脚在屋子里走来走去，她解释说是不习惯暖气的温度，给人的暗示恐怕是——也许黛比误解了她？——开暖气既不健康又浪费。她总是毫无预示地来到你的身后，起初还真叫黛比又惊又恼，但她现在已经习惯了，她已经习惯了布朗太太，她对布朗太太最强烈的感情是恐惧：惧怕她会离去。即使布朗太太还算不上是黛比的朋友的话，她也是黛比在这个世界上除了家人以外最亲近的人。黛比和布朗太太并不分享一般意义上的那种私密，她们不会凑在一起说长道短地议论别人，但她们对彼此的忧虑和痛苦却有着实实在在的了解，或许这只是黛比的想法？然而黛比知道布朗太太对她的了解要远远胜过她对布朗太太的了解，因为这种关系发生的地点是在黛比的家。布朗太太清洗黛比的内衣，整理黛比的书桌，归拢黛比的信件，不管是公家的还是私人的，恶意的还是私密的。聚会后布朗太太要清点空酒瓶，打扫破碎的酒杯，尽管她并不染嘴美味佳肴。布朗太太还要换洗黛比的床单。

在那次决定录用布朗太太的面试中，黛比没有问布朗太太是否有孩子，尽管她很想问；因为黛比自己非常厌恶应聘时被问及有没有孩子，怎么解决照看孩子等。她倒是问了布朗太太有没有电话，布朗太太说是的，她有电话，她觉得电话是必不可少的；她简单直了地说了"必不可少"这个词，没有任何渲染的成分。"那么可能的话，如果你不能来，你会事先通知我？"黛比尽量让语气显得甜美而又不过分的客套。"我是说万一你实在不能来，我得作出复杂的调整。有时无缘无故地不来会叫人很尴尬。""我想你会发现我是很可靠的。"布朗太太说，"但光说是不管用的，你得亲眼看。反正你不用担心，当然不包括无法预料的情况。""这叫天力不可抗。"黛比说，"嗯，胡克之力也不可抗。"布朗太太说，她没有说明胡克是何许人。

黛比确实发现布朗太太真如她说的那样十分可靠。稍后她还发现布朗太太有两个儿子：劳伦斯和格瑞斯，后者被他的朋友称为格瑞，但布朗太太不这么叫。布朗太太到黛比家来帮佣时这两个孩子已经有十岁和八岁大了。如今劳伦斯就读于纽卡斯尔大学——"那里住宿比较便宜。"布朗太太说。格瑞斯则没有读什么书就离家工作了，布朗太太说："干的是零售业。"他交友不慎，这是布朗太太的说法，但没有说得很具体。胡克就是劳伦斯和格瑞斯的父亲。黛比不知道，也没有问胡克是不是她的丈夫。在娜塔莎和杰米还幼小的时候，胡克会时不时地闯入布朗太太的生活和那间救济公寓，当初他就是从那里出走的；布朗太太那时还没有出去为黛比这样的家庭帮佣。在布朗太太少有的几次告假里，有一次便是去法庭申请阻止胡克上门的禁止令。布朗太太身上的淤青，金黄皮肤上那些巧克力色和紫罗兰色的印痕，头发下面的血肿以及嘴唇上酒红色的裂口，都是胡克造成的。有一次，也是仅有的一次，黛比发现布朗太太坐在浴室的马桶上号啕大哭，她端去了咖啡，握着布朗太太的手，又叫了出租车送她回去。在黛比生下杰米后不久，正是布朗太太以恰到好处的迁就和约束帮她度过了产后忧郁期。"我给你端来了一碗汤，你不喝的话对谁都没好处。""我把小宝宝抱来了，丹尼森太太，他饿得快把五脏六腑都哭出来了，他需要他的妈妈，事情明摆着。"她们彼此称呼丹尼森太太和布朗太太。她们需要一定程度的距离感和这种礼节带给她们的呼吸空间。布朗太太常抱怨住院的那段日子；那是胡克的一次造访使她得了脑震荡。"他们满口亲爱的宝贝的心肝的，我说，我需要一点尊重，我的名字叫布朗太太。"

黛比敲打出："新的铸造技术为最平庸的物品

也带来了全新的流线型，面池和储物罐等……"

"平庸"这个词用得不对，她想。"日常"？也不对。胡佛吸尘器的隆隆声转到了楼梯的拐角处。门铃响了。与此同时从顶楼也传来十足男人味的怒气冲冲的叫嚷。

"黛比，黛比，你在吗？你上来一下！"

黛比左右为难。布朗太太把吸尘器连同那根显得破旧不堪的吸管靠放在楼梯栏杆上。

"你去应付他，我去给大夫开门，说你一会儿就下来。"

黛比跨过吸尘器，上了通往顶楼的楼梯。

"你瞧，"黛比的丈夫罗宾说道，"瞧瞧她干的好事。要是你没法教会她不乱动我工作的东西，那就让她走人。"

罗宾把整个四楼都做了他的画室，那里原来是三个卧室，一个带脸盆和抽水马桶的小盥洗室。他在屋顶安装了面积很大的旋转天窗，并配有百叶帘，一种自然的奶油色，接近于赤褐色。他几乎可以从任何角度得到他所需要的光线。黛比又产生了往常的那股情结：害怕罗宾会对布朗太太大声吼斥，害怕布朗太太会受不了。好在他总是先找她抱怨是是非非，因此她心存一种混杂着忿然和忧郁的感激之情。

"医生来给杰米看病了，亲爱的，"黛比说，"我得下楼去，他不会待很长时间的。"

"这个盘子，"罗宾·丹尼森说，"谁都看得出来是件艺术品。瞧它的釉彩。瞧上面画的那些大而诱人的水果，宝蓝的，橙黄的；还有碧绿的叶子，带一抹黄色，你只要**瞧瞧**，黛比。我问你，有谁会把它当成**垃圾桶**，往里面扔那些懒得整理或清除的废物？你说呢？只要**还有些头脑的**人会这么做吗？"

"怎么啦？"黛比不动声色地问，她的耳朵在注意楼梯上的动静。

"**瞧啊！**"罗宾大声嚷道。那只装饰华丽但也布满了灰尘的盘子里零乱地放着几根橡皮筋，一串回形针，一片从某只小钟里掉出来的不明塑料零件，一张破旧不堪但没有使用过的邮票，两支油彩粉笔，蓝色和橙色的，一块干硬的面包，一小段电线，一片干枯的菊花，三颗彩色图钉（红、蓝、绿），不成双的一只袖口链扣，一只表面有焦痕的灯泡，一盒火柴，一个陶瓷锁孔盖，两块橡皮，一只死苍蝇，两只活蚂蚁，它们绕圈跑着，不知是在忙碌呢还是没了方向。

"她的习惯就是邋遢。"罗宾说。

黛比环顾画室，不像是一个爱整洁的男人生活在这里。除了难以避免的杂乱——污迹斑斑的调色盘，半干的画布，盛满水的瓶罐等等外，还东一堆西一堆地摊了好些杂物。打开或合上的杂志，高脚杯，啤酒杯，空酒瓶，散落的蜡笔和铅笔，未开封的收入税通知单，放着会形针和图钉的小碟。

"这里还真叫人难以分清什么该丢什么该留下。"

"不对。垃圾就是垃圾，私人物品或是有用的东西就是有用的。只要稍微有点头脑就能分清。"

"她好像帮你找到了你一直在找的那只链扣。"

"我希望自己找到它并放置在一个可靠的地方，她非要插手进来。"

每次谈话都是这样的陈词烂调，黛比几乎无法再听下去，更不想说出她的那部分老套台词。然而她意识到这样的对话对他们的生存是必需的。是因为罗宾需要力陈自己的主张进而赢得对话的胜利呢，还是如果她不站在罗宾和布朗太太的中间协调布朗太太就会离开的缘故？她不是很清楚。但她不需要费神去弄明白。她转身听他的下文，那站姿就像多恩牌圆规的脚，或像一株向日葵。

"她应该看到我正在画的就是那个盘子。"

的确，竖立在画室里的画板上的都是那只盘子的素描，有炭笔画的和彩笔画的；衬托的底部是纹理清晰的木材。

黛比心里闪过一个念头：布朗太太是故意把那

只盘子当作杂物罐的。布朗太太有她自己一套沉默挑衅的方式。但她没有说出口；罗宾既不会被布朗太太的感情所左右，也不会感兴趣。

"亲爱的，要不要我把它们拿走，扔到我的废纸篓里去？再帮你把盘子清洗一下？"

"等等。那些橡皮筋都是能用的，那块面包我一直派橡皮的用场，火柴也还好，这些东西都不用扔。你知道，我们有的人根本没本钱扔掉好好的工具。"

"该把它们放哪儿呢？"

"就放在那边的桌子上，我自己会处理的。请把盘子清洗一下。"

黛比照他说的做，但把链扣挑了出来，准备放回到他的梳妆台上。她看了一眼她的丈夫，正好他也回头望着她，还微微一笑，像个知错后悔的小男孩。他是个又高又瘦、显得有些纤弱的男人，穿着牛仔裤和渔夫式的工作袍，突出的关节、指节、手腕和脚踝就像是个正在发育的年轻人，但他早已过了那个年龄。他有一张非常英国式的脸，狭长纤细，白里透红，像匹不安的小公马。柔软的头发一蓬一蓬地翘着，像只刺猬，连颜色也多少有点像。他的眼睛蓝得很纯，像婆婆纳的色彩。摄影师既可以把他拍成儒雅的神秘主义者，也可以拍成专业的板球运动员。画家既可以把他画得轮廓模糊，着色清淡；也可以在一种暗淡的底色上勾勒出清晰的五官：颧骨、上额、下巴，以及棱角分明的鼻子。

"你已经设法让她明白了什么是物神。"

"没少花工夫。"他抱怨道，"我甚至还给她讲授有关色调和互补色的常识，我站在那里，拿着实物给她看。"

"我想她一定觉得很有趣。"

"即使没有这些折腾，她也该清楚自己的职责。不管怎么说，讲了以后还有点作用，这一点我敢向你保证。"

"我得下楼了，亲爱的，医生在下面等着。你

54

要咖啡吗？等医生走后我给你端一杯来？"

"好的，来一杯吧。"

他没有道歉，但常规的冲突算是结束了。黛比吻了他。他的脸颊柔柔的。她问："有卡里斯托画廊那个女孩的消息吗？"

"我想她不会来的。她根本没打算过要来。"

"不，她会来的，"黛比说，"我也跟她交谈过。她真的很喜欢托比挂在厕所里的那幅蓝黄相间的版画。她说她对托比的趣味不以为然，但那幅画太别致了，她说她就坐在那儿盯着它看，结果厕所外面排起了长队！"

"也许她喝醉了。"

"别说傻话，罗宾。她会出现的，我知道。我从来不说没有把握的话，不是吗？"

黛比并不知道那个叫休娜·麦克罗利的女孩会不会出现，但她还是说她会的，而且口气很坚定，因为这对她是好事；对罗宾同样如此，如果他也满怀着期望的话。黛博拉[1]很爱罗宾。自从在艺术学院相识以后，她一直深爱着他。他们一个学的是平面设计，一个主修美术。她想成为木刻版画家，为儿童读物画插图。在罗宾身上，她喜欢的是他对创作全身心投入的气质，这种气质使他的作品凸现出一种与众不同的素雅和清高。那还是在六十年代，确切地说是七十年代初期，当时盛行的是抽象绘画：淡彩或者无彩，几何图案，玩弄画布、颜料以及光影的视觉效果。在新现实主义出笼之前，罗宾就已经是个新现实主义派了。他用幻觉技巧加逼真画出他所看到的世界，有金属表面、木头表面、灰泥表面。他画大片的中性色块——木板，玻璃台面，斜纹呢床单，龟裂的石膏，然后在某个位置，一个意想不到的位置，既不是角上也不是中央，既不是褶皱集中处也不是木纹展开处，画上一个小而亮丽的物体：玻璃球、陶

1　黛比是黛博拉的昵称。

　马蒂斯故事

瓷花瓶、一束骨灰瓷假花（都是没有生命的）、一堆羽毛。这是对庸俗作品的另一种诠释，无论是过去还是现在。它们可以当作廉价的包装纸成叠地在礼品店卖，过去的人或许会欣赏它的雅趣，现在的人或许会看中它的逼真和怀旧感。但黛比认为这是对一个严肃而且麻烦的问题在作严肃的探讨；它试图去回答每个艺术家到了某个阶段都会面临的一个问题：为什么要劳神去表现任何事物呢？

在看了这一系列的最初两幅作品——灰色地毯上的六角形黄色套盒和厨房操作台上的纸镇——后，她对他说："这些画太神奇了，它们就像时间停止时的永恒，你在看，然后就**看**到了，超出了时间的范畴；你感到**惊讶**居然能看到，你是如此的惊讶，于是视觉在延伸，在提高……"

"这是你在画里看到的？"他问。

"哦，是的。这不就是你所要表达的？"

"这确实是我所要表达的。但从来没有人看出来过，或至少没有人这么说过。"

"我想他们应该看得出来，真的。"

"有时候我想，这些画在其他人的眼里也许显得太普通，所谓的**平庸**之作，你知道。"

"怎么会呢？"黛比说。

性让一切都熠熠生辉，哪怕它是平庸的。黛比使罗宾幸福，他们的幸福又使他的画作变得更奇特亮丽，甚至使他们俩也变得更奇特亮丽了。他们刚结婚时，罗宾在一所学院兼职几小时的课。黛比由于有一张更显市场技能的文凭，在一家仿古内衣杂志社找到了一份版面设计的工作，不久去了《女性场所》担任助理编辑，然后是提升。她干得很出色，收入也不错，成了家庭经济的主要来源。罗宾看来毫无必要再继续任教了，因为他的报酬实在微薄得很。黛比的脑子里装满了时髦的泳装和洒有翠绿香菜的橘红色胡萝卜汤；还有形形色色的口红，从葡萄色到李子色，从罂粟红到玫瑰红；再就是眼影膏腮红膏之类的玩意和无法摆脱的木版画情愫。她的手指仍记得在木板上的缓慢而精细的运动。她不无伤感地觉得，这种记忆和欲望并没有消退，但是可以控制的。她恨罗宾，因为他从未提起过那些不曾诞生的木雕版画。一个有自制力的人可以同时默默地感受到爱与恨。黛比继续爱着罗宾，但同时也因木版画而恨他，恨他毫不关心她所做的一切：家务，孩子，钱，她的工作，对她的需要和欲望的顾及，还恨他铁了心地要去干扰、羞辱、赶走布朗太太；没有了布朗太太，黛比的平衡点就会崩溃，她的生活就会一团糟。

没人理睬的罗宾·丹尼森焦躁地在画室里来回踱步。他已年过四十。他在想，我已经过四十了。如今他时刻在防止自己把雄心、事业、生活视为荒谬的努力。从许多方面看，他并不适合艺术家的生活。按他的教育背景和性格，他应该做一个律师或会计，平时西装革履，周末钓钓鱼打打板球。他没有太大的自信，没有那股傲慢，没有那种以自我为中心的孤独生活必须具备的真正的或坚定的率性。他这么做只是出于顽固的信念，那是很久以前的一种幻想，这种幻想既没有扩展也没有消退。小时候他的一个姨妈送了他一盒水粉颜料，他画了一盆天竺葵，后来又画了一个鱼缸。他仍记得，当他看到画笔拖出的第一条湿漉漉的胭脂红，看着湿润的笔尖在钴蓝颜料里缓慢地打圈，看到落下的赭黄和橘红在米色的纸上涂鸦出弯曲的鱼尾和鱼鳍时，有一种纯感官的喜悦喷涌而出，这种感觉当时在他看来是禁忌的。他也没有其他的明显的特长，因此当他选择他的未来时并没有招来家人的反对。他对自己说，当他手握画笔时他就能看见。他在艺术学院的几年里一直这么告诫自己。没有艺术，他就成了浮尘世界里的一颗浮尘。他在大片的灰白、淡黄或米色的色块上画小而亮丽的东西。每个人都说："他有点那个。"或说得更暧昧些："他有点那个。"也许还不够那个，他们私下想的是。但罗宾完全听懂了他们的意思。

他可以跟黛比交流。黛比了解他对色彩的理解，他告诉过黛比，黛比也听进去了。他在深夜情绪激昂地对她讲马蒂斯，讲《奢华、宁静和享受》[1]的纯感官性如何能以一种矛盾的方式成为事物本质的宗教体验。不是柔性，他对黛比说，而是力量，平和的力量。

黛比说是的，她能理解，他们还为此去了法国的南部度假，置身于强烈的日光里，la-bas[2]。但那是一次灾难。他试着在画布上泼洒大笔的色彩强烈的颜料，如同马蒂斯，如同梵高，然而画作却显得稀薄，无力，荒诞。他那次唯一成功的作品画的是一堆砾石上的一只红色甲虫，一只硕大闪亮的墨绿色金龟子和一只硫黄色蝴蝶。砾石的颜色有灰、粉红、米黄、白、赤陶等，你能想见的那种，地球上到处都是，大片色彩斑驳、毫不起眼的砾

_____

1 马蒂斯的一幅名画。
2 法语：那里的。

石堆。这片砾石荒漠延伸到画布的四角，有一两片枯叶，几根零乱的稻草，还有那几只丑陋不祥的虫子。他把这幅画卖给了一家画廊并心存希冀，但不再有任何的回音。他的事业并没有就此而飞跃；他们也再没有回到那片阳光强烈的地方。他们改去科茨沃尔德丘陵度假了。

罗宾将他的生活仪式化到了危险的程度，而这并非是他所认为的缘由于他不稳定的职业。他的父亲，一个市镇监督员，也有着同样的怪癖，特别表现在对属于他自己的不可碰触的"东西"的在乎，尤其计较女佣"手脚不干净"。罗德尼·丹尼森先生经常对家里的女佣大声嚷嚷，抱怨她们扔掉了烟斗渣，或拼捏起了肥皂碎块，或理齐了散乱的账单。就像罗宾面对布朗太太一样，当他受到有人来帮他整理的威胁时，他会感到压迫感和恐慌感，就像鼻液堵住了鼻腔时的那种胀痛。他像罗宾一样，视布里格斯太太的一举一动如蜗牛在他的私人空间爬行。罗宾把这一切都归咎于艺术。他从不自问，他对布朗太太的仇视是否是面对能干的妻子——既掌管着经济又掌管着家务——而产生的无奈和愤懑的转移？他认为不是这样的：黛比漂亮整洁，代表着秩序。布朗太太杂乱无章，其貌不扬，还是一个偷偷摸摸的吸烟鬼，代表着——即便做的是清洁工作——"不干净"。

布朗太太一直有一个不伦不类的习惯，喜欢自行其道地给丹尼森一家人送礼物。她拥有一架针织机，当初是胡克从一辆卡车上搬下来的。她还做的一手好针织、丝绣以及绒绣活（后两者不常做，太贵了）。她的衣服都是自己做的，取料五花八门：旧的丝绒窗帘，阿拉伯毛毯，降落伞绸，自己穿破的长裤等。她做的衣物都炫目得很，配有装饰布块，彩色边纹，流苏镶边，连钮扣也是古里古怪的。整个就是破烂货的大集成，这是罗宾思前想后得出的结论。他没法不去想，因为她总在招惹他的眼睛——洋红和朱红的外衣，鲑鱼红的绉纱灯笼裤，暗黄绿饰有黑色镶边的衬衣。光她自己穿也就算了，可她还成年累月地织出许多讨厌的毛衣给娜塔莎和杰米：有色彩刺眼的彩虹毛衣，棒棒糖花纹的毛衣，布满了跳跃的小樱桃的毛衣，毛绒绒的彩虹色长围巾，一律是令人作呕的冰激凌色调。罗宾对黛比说这些衣服必须马上退还给她，他的孩子**死**也不能穿那些玩意。孩子们的态度倒不怎么坚决，喜恶全凭年龄和场合而定。杰米六岁时穿过一件织有红色消防车和蓝色乳牛的毛衣，喜欢得不肯脱下。娜塔莎十一二岁时穿一件荧光的流苏低胸套衫（组合了亮黄、鲑鱼红和泳池蓝三种颜色）在一次迪斯科舞会上大出风头，但对其他的馈赠她都以父亲的挑剔和厌恶为理由拒绝了。真正的受害者是黛比，她感到无所适从。一方面，从自己的童年经历她体会得到穿着自己不喜欢、不舒服、太显眼的衣服会是什么样的感受。但她也知道，充满感激和热情地接受礼物要比赠送礼物还要善良和礼貌。从更自私点的角度讲，她离不开布朗太太，她需要布朗太太。她的餐桌上摆放着布朗太太赠送的拼布茶壶保暖套，她书房座椅上的红橙双色椭圆座垫也出之布朗太太之手。有时布朗太太会站在黛比书房的门口，阐述她自己的色彩理论。

"他们老是说这说那的，那些教师和老人；什么橙色和粉红色太刺眼，蓝色和绿色不能并用，紫色和大红也不可以同时出现等等。要我说，这些色彩都是上帝创造的，上帝又把它们糅合进他所创造的万物中，存在就是合理的，你说呢，丹尼森太太？"

"嗯，是的，不过也有一些规则，布朗太太。为了取得某种效果，的确有一些规则可循，比如说互补色之类的……"

"我正在学呢。遇到我不小心挪动了他的东西或其他什么情况，**他**就会讲解给我听。真是有趣。"

布朗太太的黄脸显得很长，没有笑容，坚毅明断。她接着又说："要是杰米不再穿我给他织的那件天蓝色短背心了的话，我想把它要回来，你不会介意吧？我需要一些天蓝色的布料。"

"哦，他可喜欢那件衣服了，布朗太太。只是腋下稍紧了点，你也知道……"

"我是说，我需要一些天蓝色的布料。"

没有任何余地了。黛比感觉很糟。布朗太太翻找着杰米的抽屉，挑出了有破洞的红色汗衫，缩水的运动袜：瞧这些小不点袜子。她把这些衣物放进塑料垃圾袋。黛比又加进去一件买错的紫红色闪色丝便装和两条罗宾的领带，那是他的内梅姨妈送的，他从未系过；可怕的芥末色，还有李子花的图案。

"真有趣，"布朗太太说，她像拎捕获的鳗鱼一样提起来放入了她的废品仓库。她总算得到了一点安抚，黛比心想，那件紫红色便装安抚了她。她迟疑地没敢问布朗太太会怎么处理那件衣服。

罗宾·丹尼森的"物神"有它们自己的桌子，一张上了白漆的木桌，式样很简单。它们原本只是壁炉架上的摆设，但一获得"物神"的地位后，它们便拥有了这张质地坚实、式样朴实的英国式圣坛。它们的共同之处在于色泽鲜明，具有一种非常亮丽的质感。它们是一些色彩时尚的小雕像，最初是一个士兵，用彩漆木雕刻而成：红色的长裤，蓝色的外套，一顶高高的球茎状熊皮帽。它是罗宾小时候花了五个多便士买的。它的大红已经褪色成了樱桃红，蓝也变成了介于品蓝和深蓝之间的灰蓝。它的木头脖颈下系着一条金色皮带，木头脸颊上画着一对粉红的圆圈。如今罗宾已经很少画它了——他无法表达清楚尚武和幼稚这双重的内涵。他喜欢它倒不是因为它的尚武或幼稚，而是因为它是第一个用来捕捉圆形表面上的光影的物体。有时罗宾会将他的影子画进其他的物体群里。

其他的一些"物神"就是单色的代表物了。其中两件特别有光泽——一只由比奥的玻璃厂出品的钴蓝色烛台，一只韦奇伍德的陶瓷苹果，很重的草绿或金绿色，越往内心色彩越浓。最贵的属那件黄色代表物。它的黄不纯，不像烛台的蓝或苹果的绿那么纯，而是一种介于阳光黄、奶油黄和毛茛黄之间的颜色，还滚了一圈蓝边。那是一件莫奈为自己在吉维尼的住宅设计的早餐餐具——船形调味碟的复制品。它要价五十镑，罗宾没那么多的开销，但还是买下了；他实在喜欢**那个**黄色。他并不是真的想要那只调味碟，但其他看中的东西也都价格不菲，他再疯也知道自己是绝对负担不起的。罗宾给布朗太太讲授色彩知识时就指给她看那圈蓝边怎样使得黄色更加突出，因为它们是互补的。不过，他还是想找到一种不夹杂着蓝的黄。还有橙色。罗宾经常在他作画的物体中放进一个橘子或一个柠檬，使色彩更加完整。他特别讨厌布朗太太把它们东挪西移，甚至还会扔掉——当然是在它们开始变软变黑，而且长出墨绿的霉斑后。这也是常常惹得罗宾勃然大怒、大吼大叫的导火索之一。

代表紫色的是一盆手工制作的陶瓷紫罗兰。它的主色调是淡紫和深紫，少许的几片叶子点缀着隐隐约约的苹果绿，底盆则是一种上釉的黑色。有时候罗宾会隐去叶子，如果他不想要那种颜色的话。他十分了解他的那些物神，他能想到叶子配在紫罗蓝上的效果。有时侯他不希望有叶子，有时侯又以巧妙的局部调整**使得**叶子能融入他的色系。但他始终没有解决红色的问题。他有过一只红得很俗气的德国盘子，造型时尚而又实用。那是一种很强烈的红，但算不上出挑或讨人喜欢。当罗宾找到现在这只红色物体时，他又感到了不安，因为他立刻知道它就是那个或某一个他**所要**的红，但同时却喜欢不起来。他直到现在仍不喜欢它。它包含了过多的内涵，就和那个可怜的士兵一样，但包含的形式却更加险恶。他是在一家中国小饰品商店发现它的，在一个摆满了各种各样抛售物的桶里。那是个很大的红色心形针垫，用罂粟红的丝绸裹得鼓鼓囊囊。这**就是**他要的红：

柔软，精致，亮丽。它本来还有一圈俗气的白色镶边，就跟唱诗班的男孩穿的衣领似的，被罗宾拆掉了。有时他把祖母的旧饰针、仿真珠宝或煤玉方石摆放上去，但不怎么喜欢，因为有点超现实主义的风格了。虽然他感觉到这**也许**是个有趣的尝试，但还是令他感到不安。他倒是买过一盒彩色的玻璃大头针，偶尔几次将它们随意地放置在针垫上，有一次还摆放成半月形。

除了这些单色的玩意外，还有极个别的几件多色物品。一棵五十年代产于威尼斯的玻璃树，是在一家二手货商店淘来的，树上坠挂着五颜六色的圆形水果；有翡翠绿、宝石红、深宝蓝、水晶紫，以及宝玉黄。一个产于德鲁塔的陶瓷水壶，巨大的壶嘴呈三角的鸟喙形，壶身画有稚气十足、色彩缤纷的圆花瓣花朵，还有一对快活的棕色小鸟。一把陶壶，也产之德鲁塔，印有一条带黄褐和蓝色羽冠的形状怪诞的男性人鱼，也许是一条人头龙身的怪物，满脸胡须，口中喷吐出一团逗号形的赤褐色火云。墙上有一只风筝，是镶拼着紫黄蓝绿猩红五色的韩国风筝。此外还有两根做成鸟形的中国丝质烟斗通条，有着炫耀的羽冠和长尾。一根以深红为主色调，羽冠是黄与蓝的杂色；另一根则是蓝绿相间。这两根鸟形通条不仅是所有物品中最脆弱的，而且也是罗宾与布朗太太发生口角的焦点。她抱怨它们容易积灰尘。他指责她折弯了鸟腿，压扁了鸟羽，破坏了它们转颈梳理羽毛的角度。她说他摆弄它们的姿势看上去不平衡。有一次她把一只鸟放上了玻璃树的树枝以求得平衡，结果一场不欢持续了好几个星期，布朗太太扬言要走人。

那是在黛比调解了这场纷争后罗宾开始跟布朗太太讲解起了红与绿的关系。他把苹果放回到针垫的旁边，把紫罗蓝调整到莫奈的调味碟前面，紧挨着那个钴蓝色的烛台；烛台有点形似龙胆植物，茎上扣着一只杯子。布朗太太的偏爱是将这些物神按彩虹排列，就是说，从红排到紫。罗宾说：

"特定的组合会产生特定的效果。比方说，黄色和紫色、蓝色和橙色互为对比色，但在特定的场合下它们也会显得**很自然**，因为自然的阴影就是蓝色和紫色。这是讲光和阴影，你懂吗？但红色和绿色是另外一种情形，如果你把这两种颜色放在一起，有时侯你会看到它们相接处有一条跳跃的黄线，这跟光与阴影是没有关系的，这其中的道理也许是把某种红色**加到**某种绿色里会调出黄色来。你可能从未想到过。"

"天竺葵是自然的。"布朗太太说。

罗宾茫然地望着她。

"自然的红色和绿色。可它们没有生出黄色。"

"**看这儿，**"罗宾说，他把柔软的红心和坚硬的苹果推到一块。他看到了一条虚幻的黄线在舞动。他看得出神了。

"唔。"布朗太太说。

"你看到黄色了吗？"

"嗯，好像有一点，怎么说呢？有一点扭动，闪烁。我知道你的意思了。"

"我试着在作品里制造出这样的效果来。"

"原来是这样。知道了你的意图后，我倒是觉得蛮有意思的。"

这句话算是个让步，尽管不带笑意，也没有太多迎合的味道。她相信他已经尽力给她作了解释；而这场争执——她显然是这么认为的——是她赢了。罗宾也宽了心，真的松了口气。他毕竟还没有脱离现实到感觉不出黛比害怕失去布朗太太的地步。所以他才会把黄线的秘密告诉了她。布朗太太这会儿昂首挺胸地走了出去。她穿着一件橙绿相间的迷彩长袍，头上系着一条粉红头带。

休娜·麦克罗利来了电话。她说要找黛比，其实接电话的就是黛比。她说了一大通话赞美黛比发表在《妇女场所》上的那篇文章；那是一篇关于女性主义的文章，讲的是那些由女性创作的难以归类的并不要求冠以"艺术作品"的东西，那些由女性"构思"的、男性艺术家从不留意的有失雅观的东西，比如像月经棉塞、尿布之类；不仅如此，还有彩绘的女人体内器官（不是被男人探索和利用的柔软的外在肉体）。黛比为一位名叫布兰达·墨菲的画家的蜡笔画作了一篇精彩的跨页专访，这位画家是在厨房里和她的孩子们一起创作的，使用的也是**孩子们**的蜡笔和毡制粗头笔，以朴实而充满爱意的画作记录了他们共同的生活。休娜问黛比是否知道墨菲女士有没有自己的经纪人或画廊，黛比没有作正面的回答，而是称赞起了卡里斯托画廊在收藏画作方面的多样性和高品位。感谢之余，休娜提出想欣赏一下她丈夫的作品，她认为他的画作十分诙谐。她太喜欢挂在托比酒吧的卫生间里的那幅小画了，神秘而风趣，真是荒漠里的一颗珍珠。黛比觉得荒漠里的一颗珍珠是褒奖之词，但**诙谐**的含义就吃不准了。她知道，承受压力中的罗宾并不见得怎么幽默风趣。但她还是和休娜约定了看画的时间：就这个星期三，事先没有征求罗宾的意见。果然，正如黛比预料到的，罗宾对时间如此紧迫的约见感到心慌意乱。她只得连吓带哄地劝说："能让一家画廊来看你的作品并不是一件容易的事，你不能按自己的时间来安排，否则什么机会都**得不到**，这你应该知道。我为了你已竭尽全力，现在终于把她搞定了，你无论如何也得那个，她很忙……"

罗宾迁就地同意让她看他的画作，但心里恐慌之极。

休娜·麦克罗利有一双黄玉色的眼睛和一头丝绸般的棕色长发，长发像一条宽带用一只玳瑁梳固定在后面。她戴着一副黄玉耳环：垂挂在金链上的两个小圆球的颜色和她的眼睛是绝配。她穿一件橄榄色的丝质套装，搭配着宽松的外套和褶裙，里面是一件柠檬色的衬衫，整体与她的眼睛十分和谐（在这方面已经成专家的黛比一眼就看出这份精致而有感染力的效果是围绕她的眼睛而构筑起来的，淡妆的一抹橄榄色和金色的眼影加上近乎孔雀石的墨绿底色更增强了这一效果）。她踩着一双深绿色的蜥蜴皮鞋爬上了罗宾的顶楼画室。在蜥蜴皮和橄榄色皮肤的中间隔着一层呈金属光泽的长统丝袜，裹着两条不算漂亮、太瘦太直的大腿。走在头里的是罗宾，后面跟着休娜·麦克罗利，然后是黛比和布朗太太，后者端着一只日本漆器托盘，里面有一瓶冰镇过的白索维农葡萄酒和三只玻璃杯。布朗太太穿着天堂鸟图案的沙发布长裤和彩虹色镶拼衬衫，还是用红的羽状绣花针迹缝制的。虽然她没有为自己也准备一只酒杯，但她在画室里选好了位置，显然没有打算离开。她神情严肃、饶有兴趣地打量着休娜·麦克罗利的高雅装束和罗宾的画布。

黛比本来拿不定主意是让罗宾和休娜单独交谈，还是留下来参与他们的谈话，布朗太太异常的举止倒是帮她作出了决定，事情已明摆着该怎么办。黛比当然没胆量说"你可以下去了，布朗太太"，但她可以说"行了，让他们俩谈吧"，她就是这么说的，然后和布朗太太一起下了楼。

休娜·麦克罗利晃动着黄玉耳环和蜥蜴皮鞋在罗宾的画室里踱来踱去。她心不在焉地挪动着那些物神，将那只莫奈的调味碟弄得叮当作响。罗宾把他的物神系列画放在不同的背景里，用不同的数字和不同的光线来展示。有冰川效果的白丝绸，揉皱的报纸团，深色和浅色的木板等等。她的嘴很大，很柔软，涂着棕色的唇膏。她点了一支烟。她说"**我喜欢那个**"，接着又是一句"**我喜欢那个**"，然后不再吭声。过了一会她开始带点讽喻的味道解读起画来。"我懂了，它们是现代的凡尼塔斯[1]，"休娜·麦克罗利说，"它们要表达的是生命的**渺小**。"罗宾努力保持沉默。他不能把她当成布朗太太来粗暴地反驳，他不能对她说这和生命

---

1 原文为 vanitas，是 vanity 的拉丁文：指一种表示虚幻的静物画。

的渺小无关，它们表达的是色彩给人的极度的敬畏感，他几乎因为这份敬畏而死去。他不能直截了当地这么说，反正他也从未用词语来思考过这种感觉。起初他还说了些诸如"嗯，这个，它解决了一个不同的问题，你看出来了吗？"之类的话，后来他干脆不开口了，因为他发现她根本没有看出来，她毫无兴趣去注意他的那么多画都是不重复的，尽管它们形式上类同，但要解决的都不是同一个问题。她是没有看出来。她说："有点吓人，有点压抑感，空白的一大片，你瞧，它使你联想到棺材和没有食物的空餐桌，那些光光的木板，你说呢？"

"我不是这么看的。"罗宾说。

"那你是怎么看的？"

"嗯，我把它们看作是一系列的问题，是的，无穷无尽的有关光线和色彩的问题，你知道。"

他没有说出——不善言辞的关系——他具有的感觉，那就是他**理应**展示他的才华，**因为**他忠实、准确，甚至美丽地画出了所有这些空洞、中性的色调：鸽子、尘埃、枯叶。

"你有没有任何的灵感，比方说改变一下创作的方向，进入第二个创作期，或者说产生新的兴趣焦点，类似于这样的灵感？"

"我想如果我能开一个大型的个人展——我是指所有的**画作**，所有不同的——嗯——问题——嗯——解答，就算是暂时的解答吧——我也许会考虑新的创作方向。很难想象，真的。"

"是吗？"

他没有领会这个小问题的关键点。"哦，是的。要一步一步来。我似乎不断在使我的工作停顿下来，你知道，似乎是这样的。"

休娜·麦克罗利说："就说那些躺椅绘画的复制品吧，孤零零的躺椅有的在风中，有的在公园里，也有的在海滩上；当你第一次看见时，你觉得它们真感人，真有趣。可当你第十次，或第十二次看见时，你会想，哦，**又是一只孤单的躺椅和一点**

微风，还有什么别的吗？对不对？"

"我想是的。"

"我看得出来你的作品和它们不同。"

"哦，不一样。完全不同。"

"可也会被看成是那样的作品，在未受过专业训练的眼里。"

"会吗？"

"会的。"

黛比看着休娜·麦克罗利沿着阿尔玛街渐渐走远。橄榄绿的裙子是那么婀娜地贴着她瘦削的臀部，裙子是那么完美、那么雍容地抚拥着她的曲线。罗宾说他们的谈话进行得很顺利，但黛比对罗宾的判断不以为然，再说他也没有显得满怀希望或洋洋得意。休娜·麦克罗利笔直的长发潇洒地摆动着。这时，只见身穿风衣的布朗太太追上了休娜·麦克罗利。布朗太太的头发像一株竖立在泥盆里的金属植物，外面裹着一圈橘红和橙黄

马蒂斯故事

两色的褶边围巾。布朗太太对休娜·麦克罗利说着什么。后者的步子放慢了，回过头来，使劲点头，又答了话。布朗太太又说了些什么。她会有什么要对休娜·麦克罗利说呢？黛比异想天开地想到了背叛、阴谋、破坏。可是布朗太太一向都是那么善良，那么有耐心，尽管眼神有些**傲慢**，这是她的权利。布朗太太不会想去伤害罗宾吧？即使她想，她也没有这个能耐啊。那休娜·麦克罗利又为什么要听——超出礼貌范畴的倾听——布朗太太说的话呢？她们转过了拐角。黛比感到眼泪在往上涌，从她的脸颊下面，从鼻子和眼睛周围的液管里往上涌。她听见罗宾的声音从楼梯口传来：**就是这种女人**，酒杯也不收，书桌和制图台上的水迹也不擦，居然就回家了。

休娜·麦克罗利寄了一张画廊的明信片给罗宾和黛比两人，说她真的**很高兴**能看到这些画作，它们具有一种**真实的完美**，又说画廊目前正处于忙乱状态什么的。黛比知道这是婉拒的表示，至于她的这份礼貌，黛比暗自思忖，可能是冲着她黛比来的；她，或者说她的《妇女场所》将来也许对卡里斯托画廊有用。这一点她没有对罗宾提及。她现在对罗宾就像对待一个迟钝、愚笨的孩子，她为此感到忧虑，因为他不应该是这样的。一两个月后，当《妇女场所》派她和一个摄影师——一个名叫汤姆·史普洛特的容易相处的利物浦人——去卡里斯托画廊为一篇有关新女性主义装饰的文章插图采集资料时，她是怀着相当友善的心情前往的。她毕竟是个理性的女人，她不会过多地去要求休娜·麦克罗利，她清楚这一点。

汤姆·史普洛特有着一头闪亮的金发，穿一条宽松的格子呢长裤，显得很悠闲沉着。一走进画廊，他"哇"的一声轻叹，然后对准镜头、手按快门四处忙碌起来。通常是色调柔和、明亮宽敞的展厅如今变成了一个软绵之极、五光十色的阿拉丁宝窟。墙上挂满了看似巨大挂毯的绒绣制品，有针织的，也有碎呢地毯般的玩意，流动的色块像交错的河流和岛屿，走近看才会发觉是一张张绣上去的脸孔，有绿脸蓝眼，黑脸红眼，粉红脸银白眼等等。钩针编制的丝网飘摇着从天花板垂挂下来，上面有深褐色的蜘蛛和成群用闪光装饰片装饰的蓝色苍蝇。这些东西都生动亮丽得很，不像舞台的布置。它们既幽雅又邪恶，那些堆积着蓝色蝇尸的网袋尤其令人惊悚。蜘蛛的威胁则来自于一大堆羽毛掸帚，有各种各样的羽毛：一把孔雀羽扇，一根蓝得近乎青色、红得让人心惊的软管，一棵暗绿和橙色相间的棕榈树，树枝上缠绕着金银锦缎。洞窟和那种有人长期居住的房间有着一份惊人的相似：五斗橱是由粘贴着拼花墙纸的橙色盒子组成的，图案从俗套的银白色玫瑰到威廉·莫里斯[1]画中的小鸟，从摄政时代的紫红色条纹到劳拉阿胥利[2]的粉红枝状花纹，一应俱

---

1 莫里斯（1834—1896），英国诗人、画家。
2 一种英国服饰品牌。

全。橱里的宝盒半开半合，露出了迷宫般的夹层和五花八门的藏品：白色的骨质钮扣，玻璃瓶塞，鸡骨，单只的袖口链，涂有漆标、装满了五彩珠子和鱼肝油胶囊的药瓶，塑料小珠和向日葵籽，玩具茶匙和沉积的茶叶，干枯的玫瑰花瓣，还有各种各样的绳子，翠绿的、蜡红的、毛棕色的，摆满了一个个夹层。

　　有几件家具，或者说是不可名状的东西，分散地矗立在四周。一个大的堆起物，可能是只硕大的软垫，被层层的裙摆覆盖着，裙摆从猩红到橙红，从草绿到翠绿，令人目眩地重叠着。从裙摆的缝隙处可以看见一圈二三十只小巧的粉红色针织文胸，上面还有一圈巧克力色的丝绸文胸和一个类似缺头缺手的以弗所的戴安娜[1]座像。一个长垫枕模样的东西可能代表一个瘦长的女子，也可能是蜥蜴，甚至是一段海岸线。它的主体是针织而

1　以弗所是古希腊小亚细亚西岸的城市，以阿尔忒弥斯神庙著称。当地人称阿尔忒弥斯神为戴安娜。

成的，用了极丰富的棕色和绿色，上面粘有呈扇形的橛类叶和拖曳的"四肢"，也可能是触角；绕一圈细看的话可以发现并不止是四个。从远处看，它像一个迷人的岩石潭，覆盖着帽贝和海葵类的植物。近看，它又像是穿着某种有针织凸饰的盔甲，紫罗蓝和橘黄色上缀一点绯红，拖着血红色的丝线。

最瞩目的展品是一条龙和一个被锁囚的女子，是喻指圣乔治[1]和萨巴公主？还是珀尔修斯和安德洛墨达[2]？龙有着四方体的身躯和手风琴般的长脖子。它的头冠是一片片桑葚色的塔夫绸结，用毯边针法缝合，很像剑龙背上耸起的扇形凸状物。这条模样怪异的龙盘卧在那儿，令人联想到长着无数黑色闪亮尖足的百脚虫。透过虫脚的缝隙可以看见猩红色的衬里和金属细丝。它虽然是针织

---

1 圣乔治（？—303）：英格兰主保圣人，基督教殉道者，传说曾杀蛟龙救一少女。
2 珀尔修斯是希腊神话中宙斯之子，曾杀死怪物美杜莎并从海怪手中救出被锁囚于大石之旁的埃塞俄比亚公主安德洛墨达。

的，但相当结实，四方形的下巴昂起着，还垂挂了毛料的胡须和用蓬乱的毛发和折断的发夹做成的牙齿，甚至还有彩色的绒毛泡沫和棉花唾液。它的眼睛是淡蓝色的，围着一圈柔软的绳绒线睫毛。它既是一条龙，但更像是一台吸尘器：毫无生气，令人窒息。

那个女子是用肉色的材料盘绕而成，身体呈断裂的褶裥状，瘫卧在一块巨大的石头上。粉红色的尼龙组成了她细长的四肢，铁链则是由一串缠绕的胸罩，变形的内衣，睡袍的系带以及绷紧的裤袜组成。她具有一种立体派的外貌，掺和进了以弗所的戴安娜的某些特征。她的乳房是几只破烂的垫肩，上排三个，下排两个；阴毛是缩水的安哥拉羽毛头饰。她的脸绣在一张被圆形绣框固定的小号帆布上，是波提切利[1]笔下的维纳斯，刚完成了一半，用粉笔勾勒出的轮廓，几缕金发，剪出

---

1 波提切利（1445—1510）：意大利文艺复兴时期画家，代表作有《春》《维纳斯的诞生》等。

的眼睛窟窿周围缝上了尖翘的黑睫毛。起先你并不觉得有男性人物的存在，但随后你就看见了他，或者说是他们，隐身在岩石的缝隙里：一个塑料的骑士，原先的银白色已经褪成了暗绿色，一个身佩一把短剑和破烂盔甲的玩具士兵，他们显然不止一次地被洗衣机的转盘搅过。

有人在橱窗里贴挂说明文字，浓巧克力底色上的金色字母，用绯红的挂物钉固定在一种高科技的洗涤绳上。上面写着：

西巴·布朗　多种材料的创作

1975—1990

文字的下面是一张照片。黛比特意走到外面的街上去看：正是布朗太太的照片，头顶一只羊毛围巾兜成的蓬乱头冠，仍是那副木然的表情，只是在嘴角和眼角处新添了一丝狡黠的笑意。她的肤色要比"真实"的更暗一些，骨架的轮廓分明，形象介于蒙娜丽莎和贝宁的铜雕。

　　就黛比所知，布朗太太此刻正在为她家的楼梯吸尘。她一时理不出个头绪来，脑子里同时冒出好几个念头。她先是欣喜地想到了西巴——也就是布朗太太的出人意料和缤纷亮丽的出彩。接着她又想起她曾经参加过的一个舞会，那是一次切尔西[1]的艺术舞会，当时她正是穿着那件如今成了龙鳞的深紫色的套装。她还惊慌失措地想到了布朗太太这回是走定了。她想不明白为什么布朗太太对此事只字不提——是想造成轰动效应呢还是**仅仅**想叫人大吃一惊？是出于布朗太太一向有的礼貌而不知怎样开口（因为她知道黛比不能没有她），还是出于她遮遮掩掩、谨慎小心的天性（她确实有那么点神秘兮兮）？她满怀保护欲地想到了顶楼上的罗宾，想到他怎样对布朗太太解释那些物神，怎样大声指责她侵犯了他的工作空间（他可能再

---

1 伦敦西南部的一处宅区，是艺术家和作家的聚集地。

也没有这样的机会了）。她一时并没有觉得是布朗太太"偷走"了罗宾的画展，但她非常担心罗宾会这么想。

她还有其他种种的感受。此刻她看见的是西巴·布朗那用之不竭、恣意潇洒的色彩创造力。她感到了一种受压抑的嫉妒，并伴有一种刺激人的叮螫感。她想到了刻刀下的木头的感觉。

汤姆·史普洛特一脸兴奋地出现在她的面前。他发现了一个满是缠绕的线头的五斗橱，还有几个小一号的也满是线头的五斗橱，还有一些更小的。他拿到了一份由《妇女场所》的艺术评论员写的采访稿，刚由投递员骑着摩托车送到画廊。

黛比快速地扫了一眼。

西巴·布朗住在一所政府救济公寓，家里到处是她自己的作品：各种各样的墙壁挂饰和软垫。她今年已过四十，有着圭亚那和爱尔兰的血统，生活艰难。她的作品充满了一种关于我们日常生活中的琐碎以及无聊的女性主义式的注解，但她并没有尖酸刻薄的表现，也没有满是怨懑的发泄，而是用她具有创造力的智慧使一切显得荒谬却又惊人的美丽。她的部分挂饰很像理查德·达德[1]的作品，都具有复杂精细的织物背景，当然它们与凯菲·法瑟特[2]奢华的创新风格也有着不解之缘。但西巴·布朗和理查德·达德不同，她既不疯也不狂，她具有非凡的理智，谈话幽默风趣。

她一个人抚养两个儿子，仅靠社会救济金和微薄的帮佣收入来积攒创作所需的材料。她的材料来源非常广泛——工地上的废料，跳蚤市场上的便宜货，被人丢弃的垃圾，要不在他人的旧物堆里淘点，或打扫学校的庆祝会时收集点。她说她开始这种"软性雕塑"纯属偶

---

1 达德（1817—1886），英国画家，因精神失常杀死了他的父亲，在精神病院度过余生。
2 法瑟特（1937— ），欧美著名时尚设计师。

然：她有一种"制造的欲望"，但她只能制作一些到了夜里才能放置在狭小空间里的玩意。她的两件最珍贵的东西分别是一台针织机和一间上锁的储藏室，储藏室位于那幢公寓楼的底层，是她同管理员协商后才得到的。"有了那间小屋后，我的制品就不光局限于那些软物了，我还可以做一些有体积的东西。"她带着满意的微笑解释说。

她说她的成就在很大程度上要归功于她帮佣的那个家庭，那个"艺术家庭"教授了她许多色彩的知识（她并不需要那种"教育"，她在制造新的有冲击力的视觉效果和排列方面具有惊人的本能），开阔了她对所谓艺术作品的观念……

黛比心事重重地回到家。布朗太太已经做完了白天的活走了。罗宾显得很烦躁。他晚饭不想吃意大利通心面，他对意大利面食已经倒胃口了，他觉得他们已经吃了两个星期的意大利面食了。黛比望着正用叉子搅动着宽面条的罗宾，心想也许还是不提关于布朗太太和她的阿拉丁神窟的事为好，反正他从来就对《妇女场所》不感兴趣，她可以让杂志避开他的眼睛，也许连所有的评论文章也可以不让他见到。他很少阅读，阅读会破坏他的情绪。

可没等她设想好这一切，杰米就把事情弄砸了。他冲进厨房大叫道，快来看，快来看，布朗太太上电视了。见父母亲都没动静，他嚷嚷得更响了，

"她举办了一个展览，都是木偶一样的东西；那个来过我们家的画廊女士也在。过来看看么，爸爸，它们真的**很奇特**。"

于是罗宾走了过去。布朗太太的目光顺着她的长鼻子，正透过屏幕落在罗宾的脸上，她正说道：

"嗯，一切都像是色彩的爆发，我只是喜欢把东西拼凑起来，这个世界上有那么多的东西，不

是吗？做一件东西只不过是表现你的激动或兴奋再自然不过的方式而已……"

那条吸尘器模样的龙和那个被锁住的女人在屏幕上扫过。

"不，不，我不是出于**怨恨**，"当镜头来回扫过纠缠的裤袜时，西巴·布朗充满激情的画外音又响了起来，"我可以告诉你，我觉得这么做非常**有趣**。做清洁工，是的，可以学到很多东西，这是实情，你要创作的题材**随处可见**，这一点我确信无疑。人是很有趣的，你不会做了很长时间的清洁工而一无所获……"

黛比望着罗宾；罗宾望着西巴·布朗。西巴·布朗的画面消失了，取而代之的是一个兴高采烈的水手舞动着一盘热气腾腾的美味鱼点，周围是一群呵呵傻笑的婴儿。罗宾说话了：

"那个，就是围在看上去像是女人的脖子上的，正是我丢失的那条学校领带。"

"不是你丢失的，是你扔掉的。"

"不，我没有扔掉。我怎么会扔掉它呢？没准我会戴着它去参加同学聚会，谁知道呢，我可不想浪费钱再重新买一条恶心的紫色领带。"

"它在废纸篓里。那天我还说她可以拿去。"

"妈妈，"杰米喊道，"我们可以去看布朗太太的软雕塑吗？"

"我们都去。"罗宾说，"出于礼节我们都应该去。顺便瞧瞧她还拿了些什么。"

第二天布朗太太来上班时身后还跟着一个头发灰白、身穿芭蕾紧身衣的女人。"布朗太太，布朗太太，"杰米喊道（学校正在放假），"布朗太太，我们在电视上看见你了。你的名字真好听，我觉得那些木偶一样的东西都有一张呆呆傻傻的脸。"

布朗太太说：

"看来我有一段时间不能来了，丹尼森太太。我只是想展示一下我的东西，根本没准备好该如何应付随之而来的生活变化。我是突然想到那些东西该让人看一下，这你也知道，可事情却变得失去了控制，当然我也不是要抱怨。我一直想对你说的，可好像总不是时候，而且我也顾虑到你，不知你会怎么反应，因为你确实需要人手帮忙，这我们都知道。嗯，这位是史汀森太太，她可以完完全全地接替我，我会告诉她所有的注意事项，包括别去打扰丹尼森先生。我真的认为一切还会是老样子，丹尼森太太，你不会觉得有区别的。"

黛比一语不发地望着布朗太太。布朗太太垂下了眼睛，接着又抬头看着黛比，脸颊稍稍有些泛红。

"你确实想清楚是怎么回事了？"她问道，语气还算平稳。黛比心想，最糟糕的是，如果我们是朋友的话，她应该先给我看的。看来我们不是朋友，我只是一厢情愿地认为是。

西巴·布朗说："我们互相很了解，丹尼森太太。但没有一个人是独一无二的。史汀森太太非常可靠，手脚也快。我不会介绍一个不合适的人来让你失望。她会和我一样的。"

黛比说："史汀森太太也搞秘密的艺术创作吗?"

"这个嘛,"布朗太太说,"你得自己去发现了。"

史汀森太太那张年轻得和年龄不相符的脸上有一抹从容、会意的笑容。她说:

"我们可以试试,丹尼森太太,不带任何偏见。"

"我想也是。"黛比说。没等她再开口,布朗太太和史汀森太太已经走进了厨房。黛比听见了磨咖啡豆机的声音:她们会给她端上一杯咖啡来;反正和以前多少有些相同吧。

也许并不完全相同。比如,黛比又重新开始了她的版画创作。她在《坏仙子故事集》和《好仙子故事集》里的插图赢得了插图界的赞誉。一些相貌奇异的仙子有着西巴·布朗太太棱角分明、傲慢自负的面像,或者是史汀森太太甜甜的、没有年龄标志的面像。至于罗宾?他依然对史汀森太太大声吼叫，而后者倒也迁就他，对他的吩咐总是显得风风火火、精力充沛地去执行。他还对东方神话产生了兴趣，买了一些有关密教曼荼罗和转经轮的书。一天，黛比上楼去，在他房间的画架上发现了一幅风格全新的画作，几何形状，色彩艳丽，画面十分有序，类似像火焰和肢体的某种交织，画中反复出现的主题是一张黑不溜秋、怒目而视的脸，配有血红的眼睛和伸出的红舌。"是破坏女神迦梨[1]。"史汀森太太搡搡黛比的肘部说，"是破坏女神迦梨的画像。"说得不对，黛比心想，这个黝黑的女神应该是西巴·布朗，那个彩色蛛网编制者的漫画像。与此同时，黛比还察觉到了罗宾在色彩和行笔的运用上多了几份更显放肆甚至接近野蛮的活力。"**有**点意思。"史汀森太太喜形于色地说。"我也觉得**有**点意思。"黛比不得不承认。它确实是有点意思了。

---

1 迦梨：印度教女神，形象可怖，既能造福生灵，也能毁灭生灵。

中国龙虾

The Chinese Lobster

莲花饭庄的几任老板对店堂的布置一向随心所欲，起劲一阵冷落一阵。希美布劳博士对此十分了解，因为在过去的七八年里她一直是来这儿用午餐的，通常是一个人叫上一份快餐。她选择这家食肆是因为方便——离她经常进出的几个地方都很近，像英国国家美术馆、皇家艺术学院、大英博物馆等等——再就是因为它的不事张扬和安静舒适。她喜欢这里带坐垫的椅子，尽管有的地方人造革已经开裂了。她可以把沉重的书袋堆放在一旁，在椅子里舒松舒松筋骨。

在她的记忆里，临街那面橱窗的四周始终框着一圈苦苦求生的蓬莱蕉。随着岁月的增长，它们长得越来越浓密，尘灰也越积越厚，但依然生命力不减。修剪过的叶子紧贴着窗玻璃，旧叶深绿得近黑，新叶则嫩黄得发亮。玻璃阻挡了它们的伸展，使它们变形扭曲，但它们仍然向前挤压过来。有时窗台上会放一个有五彩鱼儿游动的鱼缸，有时则没有。眼下就没有。你看到的是一瓶瓶的酱油，一次剔出一根的玻璃牙签罐，还有镀铬的餐巾盒，也是吝啬地一次只能抽出一张的那种。

大概从去年起，进门的地方设了一个低矮的方形神龛，是明亮的翡翠绿陶瓷品，里面的莲花座上有一尊小小的铜制的天神或是先贤的座像。神明盘腿而坐，便便大腹抵着宽厚的双膝。几盏小灯，几炷香火，在神像面前的猩红色玻璃盒里点燃着。有时神像的身上还会挂有猩红色和金色的亮面纸饰。希美布劳博士喜欢它的色彩组合，亮丽的蓝绿和饱和的猩红具有一种完美的平衡。但她对那尊神像却有点惧怕，因为她不知道它是哪方神圣，而且它显然不只是个摆设，而是**真正受到崇拜的**。

今天，在进门后靠近餐桌和衣帽架的地方又多出了一件摆设。那是一个黑色的木漆柜，和希美布劳齐腰高——她是个中等身材的女人——锃亮的漆面十分醒目。柜子有四条木腿，盖子和约九英寸高的柜壁是玻璃的。它很像是博物馆里那些用来展示微型画像、珍宝或陶艺品的陈列柜。

希美布劳博士不经意地朝柜里看了一眼。陈列品被打上了很强的光，底下还铺了一张绿得很艳的人造草皮，就是经常在蔬果摊或殡葬场所看到的那种。

柜子的四角有一排开壳的生扇贝，珍珠般的扇肉已失去了原有的光泽，呈半月形、循环排列的橙红色卵在艳绿的背景下蠕动着。

柜子的中央，正中央，有一只活的龙虾，两侧还各有一只活的螃蟹。它们的生命体征仅仅由部分躯体的微弱动感而表现出来。龙虾在这只令人窒息的容器里缓慢地移动着它长长的触须，而且还能看见脚端处的两只小螯的启合，但不见脚的挪动。它通体黑色，向前挺伸的两只大钳虽还在无力地摆动，但已沉重得无法抬举。它尾部的肌肉收缩弓起，又颓然伸直。螃蟹中那只较小的似乎还能动弹，正在左右晃动。螃蟹的嘴巴也像剪刀一样来回张合着。它们都在用长在肉茎上的眼睛骨碌碌地打量着这个世界。它们的嘴巴吐着无声的气息和水沫，不知是喘息还是叫喊。螃蟹的身体呈暗淡的砖红色和奶油色，螯的末端有一层葡萄紫的光泽，而毛茸茸的脚则是深褐色的。龙虾过去是，现在也是蓝黑得很有光泽，但将来不会再是。有那么一刻，希美布劳博士从骨子里感受到了它们在稀薄的空气中求生的痛苦生命。它们虽然瞪着眼睛，但却看不见她；她这么想。她转身快步走向店堂内。她突然想到，那些扇贝从某种程度来讲可能也是活的。

那个中年的中国人——她跟这儿的侍者都很熟，但一个都叫不出名字——笑眯眯地迎向她，并接过了她的外套。希美布劳博士告诉他要一张两个人的桌子。他领她来到她平时用餐的座位，添了一副碗筷。餐馆的背景音乐开始响了起来，希美布劳博士惬意而愉快地欣赏着。第一次听到这音乐时她感到的是惊愕和失望；爆响的音乐使她惊慌失措地用手捂住胸口，自语道这不是她所期望的休闲场所。叮叮当当的喧闹声使得面条的味道也逊色了。然后，等第二次、第三次听时，她开始留意起那调子来：调子是欢快的，耳熟的，西方式的，只是配上了她自以为是广东话的歌词。"哦，多么美丽的早晨。哦，多么美丽的一天。我找到了一种感觉。一切**都**会如我所**愿**。"这些歌词在她听来都只是带有浓浓鼻音的音节，和着齐特琴的弹拨声与铜铃般的叮当声。那不是她喜欢的歌曲，但她渐渐发现了它内含的宁静和欢悦。叮叮，当当，多种文化交合的产物，西方式的东方，东方式的西方。如今，她已经把这音乐同美味佳肴，同温馨和满足联系在一起。那个中年侍者给她端上了一壶绿茶，是她喜爱的那种有着透明的米粒花纹、蓝白相间的茶壶，精致而典雅。

她来早了。对即将到来的那场谈话她有些紧张。她从没有单独会面过约请的这位客人，虽然在电视等媒体上见过几次。她也听过他关于贝利尼[1]、提香、曼特尼亚[2]、毕加索、马蒂斯的讲座。他的演讲风格夸张造作，个人色彩强烈。与希美布劳博士共事的年轻同仁们都觉得他口无遮拦，令人尴尬。希美布劳博士本人倒并不这么认为。在她看来，佩里·迪斯总是言之有物，从不无的放矢。她的评价是——她也知道这也许是一个孤僻

---

1 贝利尼（1429—1507），意大利画家。
2 曼特尼亚（1431—1506），意大利文艺复兴初期巴杜亚画派的画家。

的知识分子临近退休时的狭隘观点——这样的特质已经越来越少见了。姬达·希美布劳博士相信，他的许多同事根本就**不喜欢**画。佩里·迪斯则和他们不同，他喜欢画，画在他眼里简直就像诱人的苹果，像白嫩的肌肤，像明媚的阳光。她陷入了他的思维风格。这是她这一代人的职业通病。她从没有自己的风格，即使有也仅仅是一种刻薄的不偏不倚，而这对一个非常聪明的女性来说是很**容易**做到的，尽量显得不露声色就行。不是乏味，她还不至于表现到那个份上，只是不露声色；尽可当作一个略带褒义的词来理解。她有一头细洁的棕色长发，在颈背处扎成一个朴实的发髻。她的套装是深色的，一种不太寻常的色彩组合——洋李紫、煤烟黑、黑郁金香、深色苔藓——里面是线条简洁的棉质衬衫，虽然不显得男性化，但没有蓬起的蝴蝶结或漂亮的丝带之类的修饰。衬衫的色彩也十分简明：淡淡的柠檬，浓浓的奶油，小常春花，暗淡的焰火。套装的线条剪裁得很柔和，但裹在里面的躯体却是棱角分明的，就像她的罗马鼻子和刚毅紧抿的嘴巴一样，她知道这一点。

她从包里拿出了文字材料，不是原件，而是影印的。原件上的一些个性化东西——比如这儿一块可能是黄油留下的油迹，那儿沿着边页化开的一摊血迹，另外什么地方一个形状似罗夏测试中的鹿角锹甲的印痕，大概是折叠时造成的墨迹，等等——已经在复印过程中遗失了。页面四周的空白处和字里行间还有一些随意的小画。文字全部被框在一具像是鸟禽叉骨的图案内，图案是用极细的笔墨勾画的。收件人用大号的大写字母标示着：

女学生教务长姬达·希美布劳博士　收

下面是一行小写字母：

女人、学生：佩姬·诺雷特

　　　　　　　　　　　　　　　马蒂斯故事

信写道：

　　本人想对由系里指定作为我论文《女人体与马蒂斯》的指导教师的**著名客座教授**提出正式申诉。

　　在我看来——我已经把我的这一观点明确无误地告诉了凡是愿意倾听的人士，其中有道格·马克斯、特雷西·阿维森、安妮·梅森，还包括您，姬达·希美布劳博士——这个人根本就不应该被指派来指导这篇论文，因为他对女性主义的题材**完全缺乏同情**。他对所谓的现**代主义大师**只是个所谓的**专家**，他究竟懂什么女人或者说女人体的内部行为？这个话题历来是**噤若寒蝉**的，直到现在仍是如此。

　　紧接着是几幅微型的铅笔画，在原件上希美布劳博士可以认出画的是唇，既像嘴唇又像阴唇。她仔细地观察过，有的唇是张开的，有的唇是紧闭的，有的还点缀了毛发似的东西。

他对我目前所写的内容的评论尽是些毫无意义、极具挑衅和破坏性的言论。他根本不明白我的议题是非历史的，**并不需要牵涉**到对所谓的马蒂斯风格或手法的演变的描述，因为我要表达的基本上是**批判性**的，从**理论**的角度借助当代批评方法所提供的内涵来加以陈述。而这与马蒂斯的生卒年表和他的画作的先后次序是**毫无关联**的。

尽管我一开始应该阐述我的观点立场，但我此刻还是想对这位著名的客座教授提出具体的**性骚扰**指控。我可以，也准备列举大量的细节，请相信我，希美布劳博士。但在此我想先说个梗概以便让**你**对此事的严重性**有个了解**。

由于我仍处于极度的震惊之中，所以务必请原谅我语无伦次的地方。

事情开始于我与客座教授的一次例行的令

人沮丧的指导课。他问为什么我的论文写得这么慢，我说最近身体有些不适而且还在忙于我的创作，这您也知道的，在优等生双学位高级课程里，创作和艺术史的学分是同样重的，我正好处在创作的**困难期**。尽管如此我还是写了一点关于马蒂斯对女人体的扭曲的文字，尤其是对某些特定部位的**扭曲**，比如像乳房阴道阴唇等，还有他故意在女人体的某些部位堆积赘肉以迎合男人的口味，使女人丧失了灵巧的体态，比如说臃肿得近乎荒诞的大腿和隆起的小腹。我打算把它同传统的女奴画和后宫侍女画结合起来探讨，但眼下还没有展开这方面的研究，有待将来去完成。

还有他笔下的女人脸部都没有特征，她们的脸是空洞的，像一具具玩偶，我觉得这恶毒之极。

不管怎么说，我把自己的意图告诉了这位教授，尽管还没有真正动笔写。他却大为不满，甚至说我对马蒂斯充满了敌意和仇视。我认为这种评价实在是无稽之谈，是马蒂斯对女人充满了敌意和仇视。他说马蒂斯对女人充满了爱和欲望（！！！！！）我说"**完全正确**"，但他并没有理解我的弦外之音。而且他真的很尖刻，伤人，傲慢，并且对我毫无帮助，即使更糟的事情没有发生也是如此。他甚至还说照他看我肯定拿不到学位，你也会觉得这不该是一个指导教授说的话。我被他搞得万分紧张和沮丧，哭了起来，于是他拍拍我的肩膀想显得善和一点。我跟他解释了我正在忙于创作，而且我的艺术作品——那是个被称为"消除还原"的多媒体创作系列——是我的马蒂斯论文的一部分。他于是**亲切地**说他想看看我的作品，如果它真的有助于我对马蒂斯的观点的阐述，他可以考虑给我打一个比较好的分。他说艺术系的学生经常不善于语言的表达，尽管他倒是觉得"语言和绘画一样富有感官功能"。我没有资格对他的文风品头论足，尽管我可以这么做。（这最后一句句子被用力划掉了，但仍可辨读。）

反正他来了，**好心**地来到我的工作室看我的作品。我一下子就看出他不喜欢我的作品，简直是厌恶至极，对此我并不感到吃惊。我的作品本来就不是要去讨好或诱惑人的。他尽量使脸色好看些并对其中的几幅**次要**作品称赞了几句，进而又说房间里充满了强烈的感情色彩。我试图向他解释我准备**修正，检讨，重组**马蒂斯的计划。我有一件以铁丝、石膏和黏土为材料的三维作品，取名"马蒂斯夫人的抵抗"，表现的是她和女儿战时被盖世太保酷刑折磨，而**他**却像一尊佛似的端坐在那里用剪刀修剪着漂亮的纸花。为了不打扰他的**创作**，人们都不告诉他她们的遭遇。我了解了这一真相后觉得真是恶心：行刑者用的就是和他一模一样的剪刀。

接着这位客座教授变得亲昵起来。他用手臂搂住我，拥抱我，说**我衣服穿得太多了。他说衣服的颜色太消沉**，我应该把它们全脱了透透气。他说他希望看到我穿得艳丽**一些**，还说如果我能更开放一点的话我真的是个**漂亮女孩**。我回答说我的衣服是关于自我的声明，他说那是一个**悲哀的声明**，随即他就摁住我开始吻我摸我并触弄我的私处——太恶心了——我不想一一写出来，但如果有这个必要的话，我可以清清楚楚地把它写出来，请相信我希美布劳博士，我可以成段成章地写出每个细节，我至今仍因惊吓而在颤抖。我越挣扎他越是来劲，并用身子抵住我，直到我说要报警他才松手，然后他回过神来说在**过去美好的年代画家和模特在画室里都要彼此感受一点人类的热情和肉欲**，我说在我的画室里没有这回事，他说显然如此，就离开了，并且说在他看来我很可能通不过创作和论文的学位考试。

希美布劳博士折好这份影印的文件放回包里，然后阅读一封随申诉函一起寄来的私人信。

亲爱的希美布劳博士：

寄上一封关于我所经历的可怕事件的申诉函。请您认真对待此事，也请您帮帮我。我非常痛苦，极没有自信，我成天就躺在床上想不出起床的意义。我试图为我的作品而活，但我又是那么容易灰心，有时一切都显得如此黑暗和没有意义，连折一根铁丝和捏一块黏土都近乎荒唐。何必还要去思考那些问题，真的是找不到答案的。我真的想还是死了的好，尤其是经历了这一可怕的事件后我重新有了想一死了之的念头。医疗中心的医生要我尽快摆脱，可**他**懂什么呢？他应该倾听别人，他不可能知道每个人摆脱出来后又会干什么，再说他指的**摆脱**是什么意思？摆脱什么？死人摆脱到了黑色的塑料袋里，我在电视上看到过，它们称它为尸袋。我真的常常想干脆做一个尸袋里的尸体算了，这恐怕是最适合我了。请您帮帮我希美布劳博士。我让自己感到害怕，别人的鄙视就是不停地摆脱摆脱摆脱摆脱。

也许还有点希望的

佩姬·诺雷特

希美布劳博士看见佩里格林·迪斯经过生长着蓬莱蕉的橱窗。他个头很高，身板笔直——像根柱子，姬达·希美布劳博士觉得——头顶上还留有不少精心梳理的白发。他穿一件黑绒领子的橄榄绿羊绒大衣，拎一根镀银手柄的黑漆拐杖。他没有用拐杖撑地，而只是拿在手里晃动。一走进大门——希美布劳博士在观察他，他并没有看见希美布劳博士——他先透过绿色的墨镜打量起那尊小佛像，然后神色凝重地俯视龙虾、蟹和扇贝。等都过了一遍眼，他对它们点一下头，像是在致意，然后走进餐厅。一个年轻的中国女子接过了他的大衣和拐杖。他环顾四周，看见了东道主。他们是这里唯一的客人，离就餐时间还早。

"希美布劳博士。"

"迪斯教授。请坐。我应该事先问一下你是否喜欢中国菜，我只是想这个地方也许对我们都比较方便——"

"中国菜是人类最伟大的成就之一——当然是指精心烹饪的。如此精致，如此深奥，如此简单，而且对我这老迈的胃也如此温和。"

"我喜欢这里的菜。常吃的话你会发现它的精到之处。我注意到这儿常有许多中国人光顾——中国家庭——这本身就是一个好的标志。这儿的鱼和蔬菜总是很新鲜的，这是另一个优点。"

"面对这份密密麻麻的菜单我可要请你做我的向导了。我想香酥大肠是绝对不敢尝试的，尽管我的原则是要勇于挑战未知。你对姜葱蒸蚝有偏爱吗？味道既浓郁又清淡——"

"我从未尝过——"

"请一定要尝尝。它和生蚝的味道是不一样的，不管你对生蚝的看法如何。哪道鸭子的菜你觉得最多汁可口……？"

他们愉快地闲聊着，组合出了一道精致丰富的菜品：这里放点稍带辣味的甜椒，那儿配些隐留齿芳的荔枝，还有口味浓郁的豆豉，清脆爽口的豆芽什么的。姬达·希美布劳望着她的用餐伙伴，不情愿地想象着他在佩姬·诺雷特所描述的性侵犯中的不光彩角色。他的皮肤晒得黝黑，既不松弛，也没有赘肉，只是每个部位都刻满了交叉的细纹——额头、双颊、颈脖、嘴角、眼角、鼻翼，还有嘴唇。他的眼睛是一种矢车菊一样的蓝，希美布劳博士暗想，三十年代年轻时这双眼睛一定是非常的迷人。它们如今仍然摄人心魂，只是多了一层膜状物和泪液，眼角也布满了血丝。他戴了一条矢车菊蓝的领带，生丝料的，完美地陪衬着那双眼睛，过去是如此，现在依然是。他穿一件灯芯绒西装，暗灰色的；手上戴一枚硕大的图章戒指，天青石色；和脸一样，他的手也布满了细纹，但依然挺秀美的。他既显得严谨挑剔，又留有旧时放纵的印痕——姬达·希美布劳博士如此想象着，她知道一些他的过去，包括众所周知的那些赤裸裸的传闻。

在用第一道菜——晶莹碧绿的海藻、对虾和芝麻吐司——时她拿出了文件。她说：

"我收到一封不太愉快的信，有必要和你谈一谈。我个人认为应该非正式地同你讨论这件事，也就是说在非正式的场合下谈。我不知道你是否会感到惊讶。"

佩里·迪斯看得很快，并喝光了一杯虎牌啤酒，一个中年的中国侍者马上给他又倒满了一杯。

"这条可怜的小母狗。"佩里·迪斯说道，"心态真是糟透了。谁要是说她有艺术天分的话，那个人真该被枪毙。"

别用母狗这个词，姬达·希美布劳心里说，她皱了下眉头。

"你还记得她申诉的那件事吗?"她小心翼翼地问。

"是的,可以这么说。不过她的叙述不怎么清晰。上个星期我们确实见过面,谈了论文毫无进展一事——自从提交了论文计划后她似乎一直**止步不前**,幸好对此我不用承担任何责任。她把以前知道,或者说看上去像是知道的关于马蒂斯的一些基本知识给忘了。我看不出任何她获得学位的**可能性**——她无知,懒惰,还愚蠢地被误导——我觉得我有责任告诉她真相。依我的经验,希美布劳博士,许多伤害都是由于仁慈的误导造成的,那些懒惰而无知的学生一直受到有害的**庇护**,从没有人告诉他们真相。"

"也许有这种情况存在。不过她提出了具体的指控——你去了她的画室。"

"哦,是的。我去了。我并不像表面的那么粗暴。我确实给了她证实自己的机会。她这部分的陈述跟事实还有些接近——我是说，离我对这一不愉快事件的记忆相差不多。我确实说过画家不善言辞之类的话——你如果像我一样在艺术学院工作了那么多年，你不可能不知道有的人善于言表，有的则只会捏捏材料——有趣的是你总是没法预见。

"不管怎么说，我是去看了她所谓的作品。这个词倒是蛮时髦的。'所谓的'。一种现代的骂人术语。"

"后来？"

"画作糟糕透了，希美布劳博士，令人作呕，简直是亵渎。画室的墙上——那个可怜的家伙吃睡也在里面——贴满了马蒂斯的广告画。《梦》。《粉红色裸体》。《蓝色裸体》。《蓝衣仕女》。《音乐》。《画家和他的模特》。《阳台上的佐荷》。而它们全都被涂得面目全非。好像是**有机物**之类的，希美布劳博士——血、炖牛肉汁，或是排泄物——我更倾向于后者，因为我无法想见像炖肉这样的好东西会出现在那么破烂的房间里。有的涂鸦是刻意塑造的身体部位或脸，有的则像摔烂的西红柿——可能**就**是摔烂的西红柿——还有鸡蛋，是的，甚至还有**用粪便涂抹的纳粹标志**。太不像话了。堕落之极。"

"它原本就是要达到**亵渎和令人作呕**的效果。"希美布劳博士不偏不倚地说。

"这叫什么理由？这就可以原谅了吗？"佩里·迪斯大声吼道，把正在点餐盘下面的蜡烛灯的年轻中国女子吓了一跳，她不由自主地向后一闪。

"现在，"希美布劳博士说，"艺术都带有某种传统的抗议成分。"

"**传统的抗议成分，哼**。"佩里·迪斯嚷嚷道，脖子涨得通红，"没人在乎抗议，我那时也曾抗议过，我们都有过这种经历，你不惊世骇俗就成不了真正的艺术家，抗议是**必不可少**的，这**我知道**。我所反对的是伪劣，是懒惰。在**我看来**——请原谅我的粗俗，希美布劳博士——这个**臭狗屎**冒犯了我奉为圣物的东西，毫无疑问，这条小母狗一定会**大肆窃笑**这个词，但对我而言就是圣物。如果她真的临摹过那些——那些杰作，那些华光四射的——算了不说了，只要她真的**做过**，理解了那种蓝，那种粉红、白色和橙色，是的，还有黑色，但仍觉得有必要**诋毁**它们，那我倒不得不敬佩了。"

"你得谨慎地用'杰作'这个词。"希美布劳博士低声说。

"哦，我知道那些玩意，我清楚得很。你得听我说，那些狗屎堆顶多花了**半个小时**——在这个傻姑娘的作品里看不出任何东西能证明她曾花了超过半小时的时间去实实在在地**看过**马蒂斯——在我们的交谈中她没有一点关于马蒂斯的记忆，**什么都没有**，她把一切都混合成一具具怪兽似的女人尸体，浸淫于男人的威胁——她没有这个眼光，你还看不出来吗？难道凭这半个小时的狗屎涂抹就要给她一个学位？"

"马蒂斯，"姬达·希美布劳说，"常常会画上一笔后停顿下来，将画布搁上几个星期甚至几个月，直到他想清楚下一笔该往那儿落。"

"我知道。"

"嗯——那个——狗屎涂抹可能也需要同样的考虑。比方说涂抹的位置。"

"别犯傻了。我还看得懂绘画，这你知道。我确实寻找过这堆秽物里是否含有巧妙的构思。即使是视觉上的巧妙构思，你知道，也会产生滑稽可笑的效果。可就是找不到。全是信手乱涂的。真叫人恶心。"

"它是想扰乱你。而且也确实扰乱了你。"

"听着，希美布劳博士，你到底站在谁的立场上？我看过你那篇关于曼特尼亚的专题论文，钦佩之至，的确是一篇大师之作。但你见过这些玩意吗？你有没有为了此事而见过佩姬·诺雷特？"

"我不站在任何一方，迪斯教授。我是女学生的教务长，我收到了一份针对你的正式申诉函，对此我不得不作出正式的反应。而在目前的情况下，这种反应也许对我，对系里，对学院，对你本人都很尴尬。我以这种非正式的方式让你知道此事，或许已经超越了我的职责范围。但我很想知道你对她的具体指控的说法。

"嗯，是的，我见过佩姬·诺雷特。经常见到。而且在某个场合也见过她的作品。"

"那好。如果你见过她本人，你就会知道我不可能作出此类举止——像她描述的那种举止来。她的皮肤就像土豆，她的身体像腐烂的土豆，裹在一层又一层的长袍、背心、针织内衣和披麻戴孝般的布块里。你瞧见过她的手臂和腿吗，希美布劳博士？它们像木乃伊似的裹着重重叠叠的绷带，橡皮膏和捆扎带鼓得臃肿不堪，里面还粘满了恶心的黑色护胫。你能想见可怕的黄色液体从夹层里渗透出来，随时被涂抹到《生之欢乐》[1]上。还有她的头发，我想已经有好几年没有洗了。它就

_____

1 指马蒂斯的画。

像一只保存得很好的旧煎锅，再多的水也无法穿透那层厚厚的油垢。你不会相信我竟然会让自己去碰触她吧，希美布劳博士？"

"是很难相信。"

"完全不可能的。我或许说过她还是少穿些衣服好，甚至过于随便地说过透透气之类的话——因为你知道，我脑子里想的是土豆。但我敢肯定再没有其他出格的事了。我当时是背着自己的意志试图以一个常人去和她沟通。剩下的全是她可怕的幻觉。我希望你会相信我，希美布劳博士。你是我唯一能指望的证人了。"

"我相信你。"姬达·希美布劳轻叹了口气说。

"那就让这事到此为止。"佩里·迪斯说，"我们可以一边享受这些美味佳肴一边谈些比佩姬·诺雷特更有趣些的话题。这虾的味道是我平生所吃到的最好的。"

"事情怕没么简单。如果她不撤回对你的指控，校理事会就会要求你们双方提交各自的申诉报告。学校还会按规定——那是理事会掌控着权力和**金钱**时定下的规定——为你们指派律师代表，如果你们有这个要求的话。在目前的情况下，我最担心的是，不管事实真相如何，你都有可能失去这份工作，而且学校里也会出现针对你、你的工作，以及你继续留在学校的抗议和示威。副校长因此而担心公众舆论对这次募捐活动的负面影响，而这门伦敦唯一的双学位课程也会因此而关闭。我们那些受利益驱动的头头们看**不到**它是提高学校声誉的重要的——'驱动力'，我想他们是这么称呼它的。我们的学生也没有为它作出积极的贡献——"

"我搞不懂他们为什么不那么做。他们不可能**都**是佩姬·诺雷特那号人吧。我原本是想说——再来一点笋片豆芽怎么样——我想说，行啊，我马上辞职，免得你有更多的麻烦。但我想我做不到。因为我不想屈服于谎言和讹诈；因为那个女人**根本不是搞艺术的**，既**不能画**又**不会看**，不应该获得学位。同时还因为马蒂斯。"

"谢谢，"姬达·希美布劳说着接过那匙蔬菜，然后又加了一句"哦亲爱的，那当然"算是回应他开宗明义的宣言。他们默不作声地吃了一会儿。广东音乐在提示人们这是一个美丽的早晨。希美布劳博士开口说道："佩姬·诺雷特的身体状况很不好，身体和精神都有问题。她得了厌食症。那些衣服就是为了遮盖她已经饿成骷髅的躯体的。"

"明白了，不是什么土豆，而是叉子、大头针、衣架。"

"而且状态很糟。就我所知，她至少已有过两次自杀的企图。"

"认真的企图？"

"你如何界定认真这两个字？她的企图属于那种要是没有足够的迹象而招致救援的话就会自杀成功。"

"我明白了。但你知道这并不能改变她没有艺术天分、既不能画又不会看的事实——"

"她**也许**行的——如果她的身体状况还可以——"

"你是这么认为的？"

"不。根据现有的情况看，我不这么认为。"

佩里·迪斯最后要了一小碗米饭。他说：

"在中国的时候，我学会了最后要吃点米饭的习惯，就一碗米饭，细细品尝每一颗饭粒。真称得上是世界上最美味的了，新鲜出锅的大米饭。我不知道如果每天饿的时候都吃这玩意，它是否还会如此可口。也许它会是另一种滋味，另一种诱惑，你说呢？真不知道怎样形容这滋味。"

姬达·希美布劳也来了一碗。她灵巧地摆弄着筷子，专心品味其中的奥妙，最后说，"我懂了。"

"**为什么是马蒂斯？**"佩里·迪斯又大声嚷嚷道，并将身体前倾过来。"我看得出来她有病，这个可怜的家伙，从她身上闻都**闻**得出来。光凭这一点就难以令人相信有人——何况还是我——会去**碰**她……"

"作为女学生的教务长，"姬达·希美布劳若有所思地说，"我了解到很多厌食症的情况。它似乎是由自我憎恨和过度的自我沉溺引发的。尤其是对身体、对反映在心里的身体映像的过度反应。我有一个专门从事精神分析的同事与你们艺术系的一位同僚合作制作了一系列的图——某种程度上它们可以看作是临床医疗图——我觉得十分有指导意义。图片画了一个厌食症病人站在镜子前，我们看见的是突出的肋骨和松弛的皮肤，而**她**看见的却是胖得走形的肚子，肥大的臀部和鼓起的脸颊。我发现这些图非常有用。"

"哈，**我们**看见的是叉子和衣架，她看见的是土豆和西葫芦。还真有不少绘画的素材。你可以创作出一幅有趣的图来。"

"别这么说——这种经历对她是很痛苦的。"

"别以为我不知道。我这不是轻率，希美布劳博士。我是一个严肃的画家，一直是。在一种尴尬的处境里发现创作的题材并不是轻率的表现，尤其是像这个个案里的尴尬处境是如此的富有视觉效果。"

"对不起。我是在想**该怎么做**。可怜的孩子一心想毁了自己。**不活了**。"

"这我理解。可**为什么是马蒂斯**？如果她沉迷于对身体的厌恶和恐惧而不能自拔的话，她可以找一份洗刷便盆的活，或去产房和疗养院找份差事。即使她一定要搞艺术，她也完全可以把贾科梅蒂[1]塑造成马约尔[2]，或者反过来也行；甚至干脆选那个对女人身体充满**敌意**的老色鬼毕加索。**为什么是马蒂斯**？"

"当然是由于那个原因，你一定也知道。马蒂斯画的是宁静的极乐。《奢华、宁静和享乐》。佩姬·诺雷特如何能承受奢华、宁静和享受？"

"我年轻时，"佩里·迪斯说，"那时还在经历

1　贾科梅蒂（1901—1966），瑞士雕刻家和画家，深受立体主义雕刻的影响，作品以人物细如豆茎的风格而著称。
2　马约尔（1861—1944），法国画家，雕刻家，善作裸女雕像。

自己的狂飙突进时期[1]，我对马蒂斯也有点腻味。记得我告诉过谁——是我妻子——说一切都**太慵懒和平淡了**。真是愚蠢之极。后来有一天我发现了。我这才明白要发现还真不容易，而一旦发现了就能体会出它的震撼力。不是**慰藉**，希美布劳博士，是**生命和力量**。"他往后缩回身子，望着前面，用法语吟诵了一段诗文：

我的孩子，我的姐妹，

梦想得如痴如醉

去那儿生活在一起！

自由地爱

爱和死

在旧时的国度！——

一切有序和美丽

---

1 德语为 STURM UND DRANG，指德国 18 世纪 70—80 年代的浪漫主义文学运动。

奢华、宁静和安逸。

生活中只拥有一点点奢华、宁静和安逸的希美布劳博士被佩里·迪斯先知般狂热的吟诵惹得感动也不是，恼怒也不是。她冷冷地说：

"素来有人对马蒂斯的这些特征持有异议。女性主义的评论家和艺术家不喜欢他是因为他宁静美好的图景里充斥了男人的色情欲。马克思主义不喜欢他是因为他自己说过，他绘画是为了取悦于商人。"

"商人和知识分子。"佩里·迪斯修正道。

"知识分子更不会让马克思主义认可。"

"我说，"佩里·迪斯说道，"你的那位诺雷特小姐想惊世骇俗，她就靠简单的涂鸦来这么做。而马蒂斯则精致复杂，恣意狂放而又不失控制。**他知道自己必须清楚在做什么。**他知道在告诉世人他的创作目的时，最让人震惊的地方就是他的画都是为了**取悦他人，让人看得舒服。**他那句关于沙发的言论是我所听到过的有关绘画艺术的最发人深思的话。你就是用粪便把蓬皮杜中心涂鸦得体无完肤，也**比不上**马蒂斯那句'艺术就像一张沙发'来得有震撼力。不知上下文的人都惊恐愕然地记住了这句话——"

"是怎么说的?"姬达·希美布劳博士问。

"'我所梦想的是一种和谐的艺术，纯净，安宁，毫无忧虑，毫无烦扰;它也许能使每一个心智工作者、商人或艺术家心旷神怡，舒心养脑;类似于一张可以让人舒缓疲惫的沙发……'"

"如果诚实正直地来看问题，可以说这是一种十分**有限**的见解。"姬达·希美布劳博士说。

"诚实正直但缺乏感知。到底谁能真正理解**欢愉**的含义，希美布劳博士?是像我这样的只惦记着那幅朽骨不再隐隐作痛、只记得当年登山时活力有如《红色画室》里的那片鲜红的老人;是眼睛刚刚复明、炫目于树木和塑料杯的华彩以及**天空的湛蓝**的盲人。欢愉即**生命**，希美布劳博士，而我们许多人并不拥有它，或拥有得很少，甚至白白地浪费。因此当我们在那些蓝色玫瑰色橙色以及朱红色里发现它时，我们便跪地而礼赞——因为这就是**生命**。谁认得出一张好的沙发？是骨癌患者，或者是为辛劳所苦的人，他们认得出一张好的沙发……"

"可怜的佩姬·诺雷特，"希美布劳博士说，"一个那么想死的人怎么会看到这一点呢？"

"一个一心想对强奸——不管她选了什么字眼——提出指控的人不可能那么想死。她渴望体验到击败一个耄耋之年的男性受害者的快乐。"

"她很**困惑**，迪斯教授。她发出各种各样的信息：求助的呼喊，威胁……"

"还有令人恶心的艺术作品。"

"她完全有能力——吞下过量的安眠药，然后留下一封指控你，或者指控我冷漠、恐怖和迫害的申诉信——"

"那只能理解为是报复心极强，还有怨恨和

恶意。"

"你对人性有着坚定的信念，而且诠释得简单明了。绝望和怨恨一样真实。它们是各自的一部分。"

"它们是缺乏想象力的体现。"

"当然，"姬达·希美布劳说，"当然是这样的。能想象出那种恐怖、那种痛楚——我是指自杀幸存者的经历——的人就不会去**尝试**了。"

她的语调变了，她自己也感觉到了。佩里·迪斯没有言语，只是看着她，眉头微蹙。一直以准确无误和真实坦诚为行为准则的姬达·希美布劳只能继续道：

"当然啦，一个人到了这个地步，再去想象别人是不可想象的了。一切都显得明了，**简单**，而且绝对，只剩下一件事是可以做的——"

佩里·迪斯说：

"确实如此。环顾四周，一切都像你所说的那样被漂白得清澈无比。你如同生活在一个白色的盒子里，生活在一个白色的空间里，没有门，也没有窗。你透过清澈的止水注视着外界——也许更像是处在冰块内，处在白色的空间内。只有一件事是可以做的。一切变得如此清澈简单，明了。正如你所说的。"

他们互相注视着。那股红潮渐渐从佩里·迪斯的皮层下消退。他在默默地思考。

他们谁都可以随时跟对方挑起话题，以一种得体的方式谈论一些琐碎的，或者是深奥敏感的事情。然而他们的内心却流动着一股毫无连贯的思维暗流：或是恐惧，或是狂热，或是欣喜，或是期盼和失望，它们随着谈话的节奏同步涌动着，但却是无声无息的。偶尔，他们中的一个或者双方会捕捉到自身内的这股暗流的形迹，甚至更难得地，捕捉到对方的这股暗流的声息。它就像瀑布快速滑入水潭，像水滴无声落入黑暗。节奏在变化，空气的比重也在变化，尽管谈话仍在不起涟漪地进行着。

姬达·希美布劳又回到了无声恐惧的情结中。在过去几年里，这一情结如同恶性肿瘤在她自我的本体中扩散着。她记起——她是不想记起的，但眼下却无法控制——她的朋友凯伊，坐在一张巨大的、覆盖着人造毛皮的医院扶手椅里，身穿白色的、从后面系带的病服，还有一件斜纹的毛巾布晨袍。凯伊没有看着姬达，她的嘴抿得紧紧的，目光因药物的作用而呆滞。白色的病服上有几滴新鲜的血迹，那是注射镇静剂的针头留下的。姬达问："你记得吗，我们星期四要去听音乐会？"凯伊含糊不清又满怀敌意地说："不，不记得。什么音乐会？"她的目光滑过姬达，又游移开去。那目光是恶毒和诡诈的。姬达一生中只爱过一个人，她的同学凯伊。姬达没有结婚，但凯伊结了婚——姬达是她的伴娘——养育了三个孩子。凯伊性格温顺善良，全身心地扑在花草、书本、糕点、丈夫和姬达上。她是姬达在这个险恶的世界上保持神志

马蒂斯故事

清醒的依靠和支柱。年轻的姬达一向被认为"精神压力很重","幸好有凯伊·列维瑞特的支撑"。后来有一天，凯伊的大女儿被发现吊死在父亲的车库里。她留下一张纸条，诉说了同学对她的霸凌。女儿的死并没有立刻招致凯伊的死——她的死要来得更缓慢更残酷。在以后的几年里，女儿的痛苦变成了凯伊的痛苦，最后又杀死了凯伊。有一次她对姬达说——姬达当时没听进去，是后来才想起的——"我打开了煤气，在火炉前躺了整整一个下午，但什么也没发生。"她还在浇花时从窗口"跌"下去过，在街上被公交车擦了一下。"我眼睛一闭就跨了出去。"她对姬达说。姬达说别犯傻，这对司机不公平。接着是过量的止痛药，然后是安眠药，偷偷藏匿的安眠药。就在姬达看见她坐在医院的扶手椅上的一个星期后，她终于成功了，也就是说，她真的死了。

　　一个上了岁数的中国女人过来收拾餐桌。盘子上附着一层黏稠的豆豉汁，几颗冷饭粒，以及没吃完的豆荚。

姬达·希美布劳想起凯伊曾经说过的话,那还是早些时候,她的病痛似乎越发厉害但也更习以为常,她一定对痛楚多了几分麻痹,因而也可以忍受了:

"我一直不明白一个人怎么**能这么做**。但现在却显而易见了,这几乎是唯一可以做的,你明白吗?"

"不,不明白。"姬达否定得很干脆,"你**不能**对其他人**这么做**。你没有这个权利。""也许你说得对,"凯伊说,"但没法这么想啊。""我不再听你说了,"姬达说,"自杀的欲念不能被传递。"

但它是能传递的。她现在懂了。她是随后加入那个自杀行列的人。她曾瞄上过装运木材的卡车:一个灵巧的黑影不顾一切地飞向路当中。有一次她吞下了一大把药丸,等着看是否会醒来,她醒来了,于是一整天带着一颗昏昏沉沉的脑袋继续着往常的工作。她相信这种冲动是错的,是应该抗拒的。但那个时候它是如此的纯洁，清晰和简单。世界已变得毫无色彩，唯一留下的色斑便是她警觉的意识。但这种意识是很容易被抹去的。随后疼痛也就不再存在了。

　　她看了看佩里·迪斯，他也正望着他。他的眼睛眯缝着，神情狡黠而警觉。他精准地利用了她心中的意象：白色的空间。这个意象是他们共享的。**他明白她知道这一点**；不仅如此，她也知道他明了这一切。至于他是怎么知道的，是何时发现的，这并不重要。他有很长的生活阅历。他年轻的妻子死于一场空袭。在创作年代，他和模特以及并不是模特出身的年轻淑女们的关系引发了许多丑闻。他曾是一桩卑鄙肮脏、充满了仇恨和痛苦的离婚案的共同被告。他几乎可以算是个重要画家，但事实并非如此。他的作品眼下已经过时了，不再有人把他当作一个人物来看待。和姬达·希美布劳一样，他的内心也留有一方冰冻的空间，里面有他自己痛苦的影子，有他视觉中的坐在医院那张惬意的椅子里却说话含混、尖刻的善良凯伊。

那个中年的中国人端上一盘切成瓣的橙子。橙子色泽鲜亮，透着晶莹的汁液，呈泪滴状的果囊甘之如饴。当佩里·迪斯递上橙瓣时，她看见了留在他手腕上的旧疤痕，**工整醒目**的疤痕。他说：

"橙子是真正的天堂之果，我一直这么认为。马蒂斯是第一个赏识它的人，你觉得呢？光线里的橙色，暗影里的橙色，蓝色中的橙色，绿色中的橙色，黑色中的橙色……

"战后我去见过他一次，他那时住在尼斯的那幢公寓里。我那个时候踌躇满志，既爱他又恨他，还想超越他，有时我的学成几乎让我看到了希望——但从没有做到过。他正在生病，刚刚从一次可怕的手术中挺过来。照看他的修女们称他为'复活者'。

"公寓里的房间都被黑暗笼罩着。百叶窗是关闭的，连窗帘都拉得严严实实。我感到很吃惊——

要知道，我一直认为他**生活在光里**，我意念中的他应该是如此的。我脱口而出地表达了这份震惊。我说：'哦，你怎么能忍受将光亮拒之门外？'他十分温和、彬彬有礼地回答说，恐怕他就要有失明之虞了。他觉得最好还是先慢慢习惯起黑暗来。接着他又说了一句：'再说，黑不就是光的原色吗？'你知道《黑色大门》那幅作品吗？画中有一个年轻的女人悠闲地坐在一张椅子里，身披一件柠檬和镉黄色的条纹晨衣和……一条有深红色点缀的白色套裙，头发亦是赭黄和猩红的混杂，一旁是窗户和色彩丰富的光线，而后面——也就是画的上方——则是那扇黑色的大门。几乎没人能像他那样画出黑色来。几乎没有。"

姬达·希美布劳一口咬下橙子，品尝着它的甘甜。她说：

"他曾写道：'我创作的时候我相信上帝。'"

"我想他还说过，'我创作的时候我就是上帝。'他不是我的上帝，但也许我就是从他那儿找到上帝的。你知道，我小时候被期望长大后当一个神父。但我无法忍受以一个悬挂在十字架上承受磨难的人体为标志的宗教。不，我情愿悬挂一幅《舞》[1]。"

姬达·希美布劳开始收拾她的东西。他继续说道：

"这就是为什么我刚才会义正词严地说，那个年轻女人涂抹粪便的举止冒犯了我视为神圣的东西。我们该怎么办呢？我既不希望她用自杀来惩罚你我，也不愿意看到自己在宽容暴力——对**画作**的蔑视。"

姬达·希美布劳看见了——脑海里呈现出——佩姬·诺雷特的脸，土豆一样的苍白，嵌在浮肿的眼皮之间的那双狡诈、愤怒的眼睛正从白色的盒子里向外窥视。她还看见了黑房间里的金黄色橙子、粉红色肢体以及线条肉感的深蓝色小提琴

---

1 马蒂斯的一幅名画。

盒。总有一件是不真实的。不管她怎么选择，明亮的物体会继续在黑暗里闪光。她说：

"有一个简单的解决办法。她所要求的，她一直想要的，而系里始终不予理睬的，是一个能同情她的指导教师，比方说特雷茜·阿维森——一个和她有着相同的世界观——信仰——关注政治意识形态，而且还会——"

"还会授予她学位并让她继续沉沦下去的人。这是失败。"

"哦，是的。但问题是这管不管用，对你，对我，对系里，还有对佩姬·诺雷特？"

"也许很管用，也许无所谓。"佩里·迪斯说，"她或许还能见到一丝光明，谁知道呢？"

他们一起离开了饭馆。佩里·迪斯感谢希美布劳博士请的这顿美食以及她的作陪。她内心感到困惑不安。她的白色空间，她的心底冰层正在发生着某种变化，至于究竟是什么她也不清楚。佩里·迪斯在那只陈放龙虾、螃蟹和扇贝的玻璃缸前停住脚步。扇贝这会儿已经死透了，覆盖着一层预示腐烂的彩虹色衣膜。龙虾和螃蟹都还活着，愈加缓慢地嘶嘶吐着气和泡沫，移动着脚、触须和发亮的眼球。姬达·希美布劳的胸腔和头颅内感受到了从某种程度上讲类似海生物在外壳下收缩抽动的奇异痛感。她望着龙虾和螃蟹，精确但又恍惚地捕捉着它们体表光泽和色彩消褪的迹象。

"我觉得太不像话了。"佩里·迪斯说，"但同时，与此同时，我根本就不在乎。你知道吗？"

"我知道。"姬达·希美布劳说。她确实知道，痛苦地、残缺地、充满情欲地、清晰地知道。背景音乐又响了起来。"**哦，多么美丽的早晨。哦，多么美丽的早晨。**"她倾身向前，以一种完全有悖于她一贯风格的姿势吻了佩里·迪斯松软的脸颊。

"谢谢，"她说，"为了所有的一切。"

"你多保重。"佩里·迪斯说。

"啊，"姬达·希美布劳应道，"我会的。我会的。"

马蒂斯故事

图书在版编目（CIP）数据

马蒂斯故事/(英) A.S.拜厄特著；吴洪译. -- 上海：上海文艺出版社, 2020

(A.S.拜厄特作品)

ISBN 978-7-5321-7577-2

Ⅰ.①马… Ⅱ.①A… ②吴… Ⅲ.①短篇小说－小说集－英国－现代 Ⅳ.①I561.45

中国版本图书馆CIP数据核字 (2020)第178059号

THE MATISSE STORIES by A. S. Byatt

Copyright © A. S. Byatt 1993

著作权合同登记图字：09-2019-133号

发 行 人：毕　胜

责任编辑：曹　晴

封面设计：朱鑫意 e2works.cc

书　　名：马蒂斯故事

作　　者：(英) A.S.拜厄特

译　　者：吴　洪

出　　版：上海世纪出版集团　　上海文艺出版社

地　　址：上海市绍兴路7号　200020

发　　行：上海文艺出版社发行中心

　　　　　上海市绍兴路50号　200020　www.ewen.co

印　　刷：杭州锦鸿数码印刷有限公司

开　　本：850×1168　1/32

印　　张：4.75

字　　数：51,000

印　　次：2021年1月第1版　2021年1月第1次印刷

I S B N：978-7-5321-7577-2/I · 6028

定　　价：49.00元

告 读 者：如发现本书有质量问题请与印刷厂质量科联系　T:0571-88855633